Tanz über den Ozean

Micheline Sauriol

Tanz über den Ozean

Original: Passion et Dévotion. Paris 2014.
© 2014 Micheline Sauriol
Deutsche Fassung: Ingo Scheller, Helmut Johannes Vollmer,
nach einer ersten Übersetzungsvorlage von Andrea Bazzato.

© 2020 Micheline Sauriol

Bibliografische Information der Deutschen Nationalbibliothek:
Die Deutsche Nationalbibliothek verzeichnet diese
Publikation in der Deutschen Nationalbibliografie; detaillierte
bibliografische Daten sind im Internet über dnb.dnb.de
abrufbar.

Herstellung und Verlag: BoD - Books on Demand,
Norderstedt

ISBN: 978-3-7526-2993-4

Danksagung

Zunächst möchte ich Jean-Marie Lelièvre herzlich danken, von dem ich viel gelernt habe und dessen Ermutigungen mir Selbstvertrauen gegeben haben.

Dankbar bin ich ebenfalls Gervaise Boucher, Madeleine Legault, Sylvie Rousseau-Kohlberg, Michèle Wilhelm und Ingo Scheller für das aufmerksame Lesen des französischen bzw. deutschen Manuskripts und für ihre hilfreichen und zutreffenden Anmerkungen.

Schließlich möchte ich meinem Ehemann, Helmut Johannes Vollmer, und meinem Sohn, Jean-François Benoist, herzlich danksagen für ihre uneingeschränkte Unterstützung und ihre wertvollen Ratschläge.

„Die Sehnsucht nach Ganzheit ... ist ein fast unwiderstehlicher Drang zur Vereinigung mit der entgegengesetzten Energiepolarität. Der Ursprung dieses Dranges ist an der Wurzel spirituell."

Eckhart Tolle

Inhaltsverzeichnis

II

Vorwort

Als ich ein Teenager war, wollte ich Schriftstellerin werden. Ich schrieb des Öfteren in mein Tagebuch, vor allem in kritischen Zeiten, wenn es darum ging, meine Gefühle zu sortieren. Viele Jahre später besuchte ich einen Wahrsager, der mir sagte, dass meine Energie blockiert sei und dass sie sich in gewisser Weise um sich selbst drehe: Um sie wieder in eine freie Schwingung zu bringen, sei es nötig zu schreiben. Diese Vorstellung hat mich zunächst beflügelt; ich habe einige Versuche gestartet, war aber bald entmutigt. Schreiben blieb weiterhin ein Traum für mich.

So vergingen viele Jahre. Inzwischen war ich 50 geworden und lebte in Deutschland, als mir eine Freundin von einem Kreativ-Schreibworkshop in Montreal erzählte, an dem sie teilnahm. Ich dachte, dass so eine Schreibwerkstatt *die* Gelegenheit für mich sein könnte, mir meinen Traum zu verwirklichen und jene Hilfe zu bekommen, die ich brauchte. Der Leiter des Workshops, Jean-Marie Lelièvre, hatte während seiner langen Karriere als Dramenautor und Schreibcoach mehrere Schrift-steller aus Québec unterstützt. Er akzeptierte, dass ich aus der Ferne daran teilnehmen durfte und er per Telefon und Internet mit mir arbeiten würde.

Sogleich kamen Fragen auf: Warum schreiben, für wen? Indem ich einfach anfing zu schreiben, wurde mir klar, dass ich Lust hatte, mich auf eine bestimmte Phase meines Lebens zu konzentrieren, die besonders reich an Erfahrung und Bedeutung für mich war. Ich wollte über diese Zeit erzählen, um zu begreifen, was mit mir passiert war, was mein Handeln damals ausgelöst und bestimmt hatte. Mein Mentor hatte einmal erwähnt, dass er nicht verstand, was er wirklich erlebt hatte, solange er es aufgeschrieben hatte. Das stimmte auch für mich. Ich wollte authentisch sein, nichts beschönigen, meine eigene Wahrheit finden und sie zum Ausdruck bringen. Trotzdem wollte ich anders schreiben als in meinem Tagebuch, nicht für mich selbst, sondern für eine Leserschaft: ich wollte von anderen gelesen und verstanden werden.

Mir wurde schnell bewusst, dass ich beim Schreiben nicht ständig daran denken durfte, von anderen gelesen zu werden. Sonst bestand die Gefahr, gefallen zu wollen und bestimmte Dinge nicht zu sagen, wie wenn mir jemand über die Schulter schaut und mich beurteilt. Ich entschied mich, meine Texte nur an Menschen zu geben, die mir nahe standen und die mich so nehmen, wie ich bin, z.B. an meine Kinder oder an gute Freunde. Dies löste die Ambivalenz nicht wirklich auf, aber es erlaubte mir, mich insoweit zu befreien, dass ich das aufschreiben konnte, was in mir hoch kam, ohne ständig an potentielle Leser denken zu müssen.

In der Tat hat mir das Schreiben ermöglicht, meine inneren Vorgänge zu entdecken und die tieferliegenden Gründe für meine Gefühle ans Licht zu befördern. Wenn ich es geschafft hatte, sie erfolgreich auszudrücken, verspürte ich eine große Freude. Nach einiger Zeit bemerkte ich, dass sich meine Wahrnehmung verfeinert hatte: indem ich bestimmte Dinge in Worte fassen konnte, wurde ich mir insgesamt bewusster.

So verfasste ich in den folgenden Jahren eine Reihe von Texten. Als ich eines Tages einige von ihnen noch einmal las, bemerkte ich, dass sie mich packten und anrührten, als wenn sie von jemand anderem geschrieben worden wären. Ich erkannte, dass meine Texte es wohl wert waren, mit anderen geteilt zu werden, dass sie den Leser vielleicht sogar inspirieren könnten. Ich hatte zunächst die Idee, eine Sammlung von Einzelbegebenheiten zu veröffentlichen. Aber dann bemerkte ich, dass die einzelnen Texte miteinander verknüpft waren, dass sie innerlich zusammenhingen, dass sich eine Geschichte aus ihnen ergab, *meine* Geschichte.

Allerdings fehlten noch einige zeitliche und inhaltliche Facetten, die ich dann hinzufügte.

Die Entscheidung, meine Geschichte öffentlich zu machen, beruhte auf mehreren Gründen. Zunächst wollte ich mich der Welt zu erkennen geben, so wie es im Gospellied heißt: *I want to let my little light shine*. Genauer gesagt, wollte ich andere teilhaben lassen an der Schönheit und den Herausforderungen einer Liebesbeziehung, die gleichermaßen sinnlich und tiefgreifend war. Sodann wollte ich zeigen, dass es möglich war, auch größere Hindernisse im Leben zu überwinden. Schließlich lag mir daran vorzuführen, dass dabei das Suchen und Finden eines spirituellen Weges die Bindung eines Paares nicht schwächt, sondern sie im Gegenteil stärken und vertiefen kann. Warum hatte ich keine Angst davor, mich durch mein intimes Schreiben öffentlich zu exponieren? Das erklärt sich vielleicht vor allem aus meiner vorherigen Teilnahme an vielen Ateliers zur Selbstfindung, in denen ich gelernt hatte, über mich zu sprechen, einfach ich selbst zu sein, ohne Maske.

Dies ist das erste Buch, das ich veröffentliche. Es ist im Jahre 2014 unter dem Titel *Passion et Dévotion* auf Französisch erschienen, die englische Übersetzung folgte in 2015 unter dem Titel *Tender is the Light*; hiermit liegt nun die deutsche Fassung vor.

Die erste Frau, der ich mein Manuskript zeigte, war eine Freundin meiner Generation aus Québec. Sie las es in einem Stück, ohne Unterbrechung, weil sie es nicht beiseitelegen konnte. Sie reagierte mit Enthusiasmus und sagte mir, dass mein Text eine positive Energie ausstrahle und dass es einen Bedarf für so ein Buch gäbe. Ich sollte allerdings erwähnen, dass in meinem Buch eine Haltung gegenüber Ehe und Liebesbeziehung zum Ausdruck kommt, die damals vielleicht üblicher war und die man mit „liberal" umschreiben könnte. Um es auch jüngeren Lesern zu ermöglichen, jenes freizügige

Verhalten nachzuvollziehen, über das ich berichte, muss ich genauer erklären, woher ich komme und wer ich bin.

Ich gehöre zur Generation der sog. *Baby Boomers*. Wie viele andere Frauen in Québec auch, griff ich in den 60er und 70er Jahren des letzten Jahrhunderts Ideale auf, die aus der *Hippy*bewegung und von den Protagonistinnen der Frauen-emanzipation stammten: z.B. die Suche nach authentischen, ehrlichen Beziehungen, die Idealisierung der romantischen Liebe und die Erweiterung sexueller Freiheiten. So wurde ich etwa durch Betty Friedans Buch *The Feminine Mystique* sowie durch viele andere Autorinnen beeinflusst.

Parallel zu dieser Entwicklung gab es in Québec eine Periode tiefgreifender Veränderungen, die man „Stille Revolution" nannte. Ein dramatischer sozialer Wandel vollzog sich auf allen Ebenen der Gesellschaft: im Bereich der französischen Sprache und der Selbst-vergewisserung ihrer Sprecher, der Übernahme kollektiver Verantwortung für die eigene Wirtschaft (die bisher weitgehend in den Händen von anglophonen Unternehmern gelegen hatte) und der angemessenen Repräsentanz frankophoner Manager und Mitarbeiter in allen Betrieben. Gleichzeitig wurde die Dominanz der katholischen Kirche und seiner tradierten Werte in Gesellschaft und Politik zurückgewiesen. Frauen, die seit den 40er Jahren Stimmrecht hatten, versuchten gesell-schaftlich mehr Einfluss zu nehmen; sie hatten seit kurzem auch Zugang zu höherer Bildung, wovon ich persönlich profitierte, und wurden finanziell unabhängiger, was auch auf mich zutraf.

Schließlich stellte die Entwicklung oraler Verhütungsmittel einen enormen Fortschritt dar, den ich hautnah erlebte. Nachdem ich drei Kinder, eines nach dem anderen, geboren hatte, beschloss ich, die Pille zu nehmen. Mein Ehemann, der immer noch lieber den Vorschriften des Papstes folgte, hatte nicht versucht, mich daran zu hindern. Auch verspürte ich in meiner familialen und sozialen Umgebung keinerlei Ablehnung durch meine Entscheidung, keine weiteren Kinder mehr haben zu wollen - ganz im Gegenteil. Nach der Trennung von meinem Mann fühlte ich mich frei zu experimentieren; ich begab mich auf die Suche nach einem anderen Partner, mit dem ich ein neues, erfüllendes Leben aufbauen könnte.

In Europa gab es in den 60er und 70er Jahren ebenfalls eine Zeit des sozialen und politischen Umbruchs, des Protestes gegen verfestigte Strukturen und der Hinterfragung von traditionellen Wertvorstellungen, dementsprechend auch eine Befreiung in psycho-logischer und sexueller Hinsicht. Eine solche Entwicklung hatte es auch im Leben meines Geliebten und seiner damaligen Frau gegeben, mit Ansätzen von offener Eheführung. Das erklärt die große Offenheit unserer Begegnung von Anfang an ebenso wie die Offenheit seiner damaligen Ehefrau, die ich seit Beginn unserer Beziehung erfahren und in meinem Buch dokumentiert habe: sie hat mich von vornherein akzeptiert und in die Familientreffen einbezogen, weil sie auf keinen Fall wollte, dass die Kinder sich zwischen den Eltern hin- und hergerissen fühlten. Dafür bin ich ihr sehr dankbar. Dies hat es erlaubt, eine gelungene Erweiterung der Familienstruktur (*patchwork family*) zu schaffen, die bis auf den heutigen Tag hält, wobei die Kinder ihrerseits bereits wieder Kinder haben.

In den 1970ern war ich durch alternative Strömungen beeinflusst worden, die man unter dem Begriff *New Age* zusammenfassen kann, die sich aus einer Reihe östlicher Traditionen wie dem Hinduismus und dem Buddhismus speiste. So lernte ich eine Form des Meditierens von einem indischen Meister kennen, der sie als Weg zur Erlangung eines transzendentalen Zustands anbot. Mehrere Jahre bin ich diesem Weg gefolgt, er hat mir erlaubt, die friedvolle Wirkung der Meditation zu erfahren.

Im Laufe meiner Entwicklung hatte ich erkannt, dass eine Liebesbeziehung, so glückbringend sie auch sein mag, nicht ausreicht, um meinem Leben ein umfassendes Ziel zu geben. Ich war auf der Suche nach dem tieferen Sinn meiner Existenz. Dann habe ich eine weitere spirituelle Tradition entdeckt, die ebenfalls aus Indien stammt und die sich auf die ältesten heiligen Schriften des Hinduismus bezieht. Diese Yogatradition hat mich sofort beeindruckt, ich habe mich ihr Schritt für Schritt angenähert. Sie hat meinem Leben jenen Halt und Sinn gegeben, den ich immer gesucht hatte und hat mich in meiner Entscheidungsfindung ebenso wie in den vielfältigen, notwendigen Anpassungen an mein neues Leben unterstützt. Auch mein Geliebter hat sich diesem Weg geöffnet, auf dem wir seitdem gemeinsam gehen.

Einige der Entdeckungen und Erfahrungen aus dieser Zeit werden hier angesprochen - einer Zeit, in der ich eine erfüllte Liebesbeziehung anstrebte, in der ich mich als Person weiterentwickelten wollte, in der ich meinen inneren Weg suchte, während ich gleichzeitig überlegte, das Abenteuer eines neuen Lebens in einer fremden Kultur zu riskieren. Ich hoffe, dass sich die Lesenden auf diese ungewöhnliche Geschichte (mit all ihren Haken und Ösen) und dem Bericht über mein spirituelles Erwachen einlassen können. Vielleicht kann das Buch auch dazu beitragen, dass sie noch stärker in sich hineinhören, sich selbst besser entdecken lernen und bereit werden, zu neuen Ufern aufzubrechen und an die Macht der Liebe zu glauben.

Prolog

Ich war neunzehn Jahre alt. Eine Mitschülerin aus dem Mädchengymnasium, wo ich zur Schule ging, hatte angeboten, uns aus der Hand zu lesen. Ich fragte mich, ob sie wohl etwas davon verstünde. Dennoch ließ ich es zu, mit einer Mischung aus Skepsis und Faszination. Sie muss mir vieles gesagt haben, das Einzige, woran ich mich erinnere, ist, dass eine Veränderung spiritueller Art in meinem Leben ab Vierzig stattfinden würde.

Ihre Vorhersage ist eingetreten. Nach Überschreiten der Schwelle von vierzig Jahren taten sich vor mir Wege auf, die in mir das Bewusstsein für den tiefen Sinn des Lebens weckten. Was sie, glaube ich, nicht gesagt hatte, war, dass ich zugleich einem Mann begegnen und mit ihm eine leidenschaftliche Beziehung haben würde und dass wir große Schwierigkeiten überwinden müssten, um zusammen leben zu können.

So hat mein Leben unerwartete Wendungen genommen. Von all diesen Entwicklungen, die sich überraschend ereignet haben, möchte ich hier erzählen und versuchen, mein Erstaunen über die verschlungenen, mysteriösen Wege des Schicksals in Worte zu fassen.

Ich beschreibe meine Gefühle, wie ich sie damals empfunden habe und meine Gedanken, wie sie mich über zehn Jahre geleitet haben. Ich präsentiere sie, wie ich mich zur Zeit des Schreibens daran erinnerte, ohne sie zu kommentieren oder zu beurteilen.

Tanz

Es passierte in Lund, in Schweden, mitten im August 1981, während eines internationalen Kongresses mit mehr als tausend Teilnehmenden. Eine Tagung scheinbar wie viele andere, jedoch eine, die mein Leben verändern sollte.

Es handelte sich um einen Kongress für Angewandte Linguistik, der alle drei Jahre stattfand. Ich hatte an dem vorausgegangenen Treffen in Montreal teilgenommen. Während der Vorträge hatte ich mir damals gesagt, dass wir, vom Ministerium für Einwanderung in Québec, doch auch über unsere Arbeit mit erwachsenen Immigranten berichten könnten, die bei uns Französisch lernten.

Ich hatte ein Abstract für einen Beitrag eingereicht, er war angenommen worden. Das Ministerium übernahm die Reisekosten. Ich war stolz darauf, Québec zu repräsentieren.

Der Kongress dauerte fünf Tage. Die Vorträge und Workshops waren interessant, die Wahl zwischen ihnen fiel manchmal schwer. Ich gab mir Mühe, an jenen Veranstaltungen teilzunehmen, die für uns im Ministerium relevant waren.

Ich hatte auch einen kleinen Hintergedanken, eine vage Hoffnung: man weiß ja nie, vielleicht würde ich jemanden treffen, der zu mir passte?

Hartnäckig hegte ich diesen Traum, einen Mann kennenzulernen, mit dem ich ein neues, zufriedenes Leben beginnen könnte, etwas, was mir beim ersten Mal nicht so recht geglückt war: einen neuen Partner zu finden, mit dem ich erfüllt zusammen leben könnte. Ich suchte bereits seit etlichen Jahren, hatte mich sogar in einem Dating-Club angemeldet. Ich hatte tatsächlich andere Männer kennengelernt, aber es war nie der Richtige dabei gewesen.

Es war Freitag, der letzte Kongresstag. Es hatte nicht geklappt, ich hatte niemanden Neues kennengelernt. Ich hatte viel meiner freien Zeit mit einem Kollegen aus Montreal verbracht, der war verheiratet, und mit Nicole, einer ehemaligen Kollegin, die ich zu meiner Überraschung und Freude hier in Lund wiedergetroffen hatte.

An diesem Tag lud Nicole mich ein, bei einer Freundin von ihr, einer Schwedin, zu Abend zu essen, es würde Flusskrebse geben, das traditionelle Gericht zum 15. August eines jeden Jahres. Ich freute mich sehr darüber, denn ich mochte es, die Gebräuche eines fremden Landes kennenzulernen. Wir verbrachten einen angenehmen, frühen Abend, hatten ein leckeres Mahl, pulten viele kleine Garnelen und aßen sie mit großem Appetit. Die Freundin erzählte von der Tradition dieses Feiertags, sie sagte, dass die Krebse ursprünglich aus Schweden kamen, heutzutage aber aus der Türkei importiert würden. Nach dem Essen wollte ich zurück zum Kongress auf das Abschlussfest gehen, es sollte Tanz geben. Nicole und ihre Freundin wollten nicht mitgehen.

Ich liebte es zu tanzen, in eins mit der Musik über das Tanzparkett zu gleiten. Als ich zwanzig war, ging ich immer in den Spanischen Club in Montreal, es gab dort flotte Tänzer und ich amüsierte mich gut.

Als ich beim Tanzabend ankam, überblickte ich die Lage schnell: viele lange Tische, an denen massenhaft Leute saßen, vor allem Frauen. Wenn ich mich dort hinsetzte, würde mich niemand auffordern. Ich wusste auch nicht, wo ich mich denn besser platzieren sollte, ich kannte kaum Leute. So stellte ich mich an den Rand der Tanzfläche, dachte, dort hätte ich mehr Glück.

Nach einigen Minuten forderte mich ein Mann auf, ein bekannter Sprachwissenschaftler, den ich in einem der Workshops reden gehört hatte. Ich war geschmeichelt und zufrieden, meine Strategie war aufgegangen. Wir fingen an, uns ein wenig ungeschickt miteinander zu bewegen. Eine Frau, die neben uns tanzte, versuchte plötzlich, mit meinem Tanzpartner zu reden, sie tauschten sich berufliche Bemerkungen aus, und dann schlug jemand, ich glaube, das war ich, vor, einfach die Partner zu tauschen, damit die beiden ihr Gespräch fortsetzen konnten.

Der Kontakt mit meinem neuen Tanzpartner war sogleich sehr angenehm, überhaupt nicht ungeschickt. Er war ein wenig größer als ich, hatte klare Gesichtszüge, eine hohe Stirn, große blaue Augen, braune Haare, einen Bart und einen Schnurrbart dazu. Ich fühlte mich wohl in seinen Armen. Er hielt mich fest und selbstbewusst in seinen Händen, nah bei sich, fast Bauch an Bauch, ich hatte keine Schwierigkeiten mitzuhalten. Er fragte nach meinem Namen, meinem Vor- und Familiennamen, und wiederholte sie mehrmals, als wollte er sie sich fest einprägen. Er hatte eine schöne, tiefe Stimme.

Wir tanzten und tanzten, es war so einfach, ich musste mich nur führen lassen. Aus den Augenwinkeln sah ich den Kollegen aus Montreal, mit dem ich während des Kongresses Zeit verbracht hatte. Mit gekreuzten Armen, an eine Säule gelehnt, schien er auf etwas zu warten. Wir waren nicht verabredet, aber ich wusste, dass er auf mich wartete. Dann achtete ich nicht mehr auf ihn. Denn ich genoss die Harmonie der Bewegungen mit meinem Tanzpartner. Wenn ein Stück zu Ende war, blieben wir stehen, ohne uns voneinander zu lösen, bis die Musik wieder einsetzte. Etwas hielt uns zusammen, mit großer Selbstverständlichkeit, eine subtile Kraft.

Und dann, plötzlich, hörten die Musiker auf zu spielen. Es war noch nicht einmal Mitternacht, nur elf Uhr. Tanzabende gehen in Schweden früh zu Ende. Wir mussten tatsächlich aufhören. Wir standen uns gegenüber, etwas fassungslos, der Bann war unterbrochen. Christoph, so hieß er, bat mich, auf ihn zu warten, er musste mit seinen Freunden sprechen, er würde gleich wiederkommen. Ich blieb einige Minuten stehen,

21

verdutzt, allein, und fand es dann plötzlich dumm, so herumzustehen und auf jemanden zu warten, den ich überhaupt nicht kannte. Ich ging zu meinem wartenden Kollegen, wir zogen langsam durch die laue Nacht zurück zum Hotel.

Am nächsten Morgen, als ich Nicole traf, fühlte ich mich ganz merkwürdig. Ich sagte mir, ich hätte am Vorabend nicht einfach weggehen sollen. Es war nicht nur ein Gedanke, es war so ein Bauchgefühl, wie ich es empfand, wenn ich eine Dummheit gemacht hatte. Auf dem Weg zum Bahnhof erzählte ich ihr von meiner Tanzbegegnung in der Hoffnung, dass mein Unwohlsein damit besser würde, aber es half mir nicht wirklich. Das Gefühl ging nicht weg.

Wir wollten einen Ausflug machen. Nicole hatte von der Stadt Ystadt gehört, sie schlug vor, am nächsten Tag dorthin zu fahren. Wir stellten fest, dass wir unsere Reisepässe vergessen hatten, aber benötigten. So mussten wir ins Hotel zurück, um sie zu holen. Statt zu Fuß zu gehen, beschlossen wir, den Bus zu nehmen.

Wer stand an der Bushaltestelle? Christoph, mein Tänzer vom Vorabend, er stand direkt vor mir. Wir schauten uns an, sprachlos. Sein Mund stand vor Erstaunen offen, als würde er seinen Augen nicht trauen. Nicole verstand sofort. Als der Autobus kam, sagte sie nur:

- *Ich glaube, er möchte neben dir sitzen. Ich werde mich woanders hinsetzen.*

Wir setzten uns nebeneinander. Er nahm meine Hand, als wäre es das Natürlichste auf der Welt. Ich mochte den Kontakt seiner warmen Hand. Bei unserer Ankunft am Hotel fragte er mich, wie lange ich noch in Lund bleiben würde. Ich hatte bis Montagmorgen geplant. Er selbst hätte am selben Nachmittag wieder wegfliegen müssen. Spontan beschloss er, bis zum nächsten Tag zu bleiben, und er ging los, um seinem Kollegen

Bescheid zu sagen, mit dem er auf dem Rückflug gemeinsam hatte arbeiten wollen.

Da er sein Zimmer räumen musste, fragte er mich, ob ich mit ihm kommen würde, während er packte. Ich stimmte zu. Von einem typisch skandinavischen Sessel aus mit hoher Rückenlehne schaute ich zu, wie er hin und her ging, seine Sachen zusammensuchte und in seinen Koffer packte. Ich dachte insgeheim, ich werde doch nicht jetzt schon mit diesem Mann schlafen, dafür war es zu früh. Ich war eine emanzipierte Frau, aber eben deshalb hatte ich den Beschluss gefasst, mit Körperkontakt zu warten, wenn ich einen Mann frisch kennenlernen würde. Ich suchte jetzt händeringend nach einem Vorwand, um zu vermeiden, ihm sofort in die Arme zu fallen. Und kam auf die Idee, einen Spaziergang vorzuschlagen zum Botanischen Garten, der gleich neben dem Hotel lag.

Sein Koffer war gepackt. Ich stand auf. Er kam einfach zu mir herüber, seine Hand fuhr langsam meinen Arm hoch. Wir küssten uns, ein sinnlicher Kuss. Ich fühlte ein tiefes Verlangen mich hinzugeben, der Verzauberung zu erliegen. Weg mit meinem eben gefassten Vorsatz, ich wollte nicht widerstehen. Ich ließ mich treiben wie auf einer Welle, von einem Zauber, der unsere Bewegungen leitete.

Nachdem wir uns geliebt hatten, blieben wir aneinander gekauert liegen. Ich fühlte einen tiefen Frieden, der in den ganzen Körper ausstrahlte. Dann stand ich auf, ging in mein Zimmer. Ich duschte. Nicole klopfte an meine Tür, ich brauchte nicht viel zu erklären. Wir einigten uns darauf, uns am nächsten Morgen zu treffen.

Ich ging zu Christoph zurück. Er lag im Bett, hatte die Arme hinter dem Kopf gekreuzt. Ich streckte mich neben ihm aus, legte meinen Kopf auf seine Schulter. Ich fragte:

- *Was ist das? Was passiert hier mit uns?*
- *Das ist Energie, reine Energie.*

Wir gingen hinaus in den sommerlichen Nachmittag, die Sonne über uns war heiß und angenehm. Jetzt spazierten wir, wie geplant, zum Botanischen Garten. Ich hatte Hunger und schälte auf dem Rasen sitzend eine Orange, deren Saft mir durch die Finger lief. Er griff die Gelegenheit beim Schopfe, leckte meine Finger ab, ein aufregendes Vergnügen. Wir fühlten uns angezogen wie Magneten.

Ich bestand darauf, Essen zu gehen, im Restaurant bestellten wir Meeresfrüchte. Ich aß mit Appetit, aber er rührte sein Essen kaum an; nach jedem Bissen hielt er inne, um mich anzusehen, offenbar fasziniert. Ich versuchte, ihn aus seinem Zustand der Kontemplation zu reißen, geschmeichelt und verlegen zugleich durch seine Intensität. Ich sagte: *Iss ein wenig!* Aber das interessierte ihn nicht wirklich.

Danach schlenderten wir durch die Altstadt von Lund, entzückend mit seinen niedrigen Fachwerkhäusern; die Stockrosen hoben sich farbenfroh von den weißen Mauern ab, es war heiß, aber die Hitze tat gut, war nicht drückend wie in südlichen Regionen. Wir bemerkten, dass wir einen ähnlichen Blick auf Dinge hatten. Einmal stellte er sich hinter mich, legte die Arme um meine Taille, ging im Gleichschritt mit mir weiter; das war neu für mich und verrückt. Er küsste meinen Nacken, ich lachte, ich fühlte mich umschwärmt, leichtfüßig, wunschlos glücklich. Mir war feierlich zumute.

Ich dachte nicht daran, ja ich wollte nicht daran denken, was er mir bei unserem ersten Gespräch im Autobus gesagt hatte. Ich hatte ihn gefragt, ob er verheiratet sei, und er hatte offen mit Ja geantwortet und gesagt, dass sie zwei Kinder hätten. Ich hatte davon innerlich Kenntnis genommen: aha, das war keiner, mit dem ich ein neues Leben aufbauen konnte. Aber diesen Gedanken habe ich bei Seite geschoben. Er sprach nicht über sein Leben, ich nicht über meines. Ich lenkte meine Aufmerksamkeit ganz darauf, diesen Moment zu genießen, in dem nichts außer ihm und mir zählte, nur dieses Gefühl der

Zusammengehörigkeit, der Einheit, als hätten wir uns schon immer gekannt.

Wir gingen lange durch die Straßen der Stadt, über unebene Pflastersteine, durch die üppigen Parks, manchmal fassten wir uns um, manchmal hielten wir nur Händchen. Wir setzten uns auf Bänke oder ins Gras, genossen die Schönheit der Natur, die Ruhe dieses Nachmittags. Er hörte nicht auf zu sagen, dass ich schön sei, dass er mich liebe, dass er hin und weg sei von mir, und ich ließ ihn gewähren, ließ mich von seiner Begeisterung tragen. Es fühlte sich gut an, meine Hand in seine zu legen, es fühlte sich richtig an, ebenso wie seine sinnlichen, zärtlichen Küsse.

Ich fand ihn auch schön, liebte sein markantes Gesicht mit den starken Gesichtszügen, mit den großen, ausdrucksvollen Augen, dem sinnlichen Mund, der von seinem Schnurrbart ein wenig verdeckt wurde.

Der Abend zog herauf, ein skandinavischer Sommerabend, an dem die Sonne nicht untergeht, an dem das Licht sich ausdehnt und nicht weggehen will. Späte Mittsommernacht, durch die wir taumelten. Ich musste ihn mahnen, vernünftig zu sein und ins Hotel zurückzukehren, damit wir etwas Schlaf bekommen. Wir gingen zusammen in mein Zimmer, meine Zimmernachbarin war nicht da, das zweite Bett war frei. Zunächst wollte er keineswegs schlafen, aber ich bestand darauf, also haben wir uns in einem der beiden Betten aneinander gekuschelt und kamen tatsächlich langsam, langsam zur Ruhe, dann wechselte ich ins andere Bett und schaffte es einzuschlafen.

Beim Abschied am nächsten Morgen nahm er mich in seine Arme, sein Flieger ging früh, aber er hatte keine Neigung, mich zu verlassen. Ich musste ihm versprechen, ihn noch am selben Abend in Deutschland anzurufen. Ich war gelähmt, fühlte nichts, war sogar ein wenig erleichtert, dass er weg musste: nach so viel Intensität brauchte ich Zeit für mich. Ich ging hinunter ins Erdgeschoss zum Frühstücken. Plötzlich sah ich ihn noch einmal draußen an den Fenstern. Er machte mir ein Zeichen, die Tür zu öffnen, die nur von innen aufging, er kam herein und nahm mich noch einmal heftig in die Arme, dann ging er.

Danach fuhr ich mit Nicole und Freunden, die sie inzwischen wiedergetroffen hatte, mit dem Auto nach Ystadt. Unser geplanter Ausflug. Nachmittags ging ich mit ihnen durch die Stadt. Ich schwebte, es war so unwirklich. Ich hatte gerade einen inneren Wirbelsturm erlebt und fand mich nunmehr mit Leuten zusammen, die ich kaum kannte, in einer fremden Stadt, deren Schönheit ich nur schwer erfassen konnte. Wir gingen in eine kleine Kirche, jemand spielte Orgel, ich war zu Tränen gerührt.

Abends rief ich ihn von einem öffentlichen Telefon aus an. Ich hatte Kleingeld gesammelt und während wir sprachen, musste ich ständig Münzen nachwerfen. Er erzählte mir, dass er morgens sein Flugzeug verpasst und den ganzen Tag auf einem Feld in der Nähe des Flughafens damit verbracht hatte, an mich zu denken und mir zu schreiben. Ich gab ihm für den Brief die Anschrift eines Hotels in Amsterdam, in dem ich auch auf der Hinfahrt übernachtet hatte; ich würde dort seine Post abholen, wenn ich wieder in diese Stadt kam.

Er sagte erneut, dass er mich liebe, dass er mich wiedersehen wolle. Er fragte mich, ob ich nicht meine Reiseroute ändern könne, um ihn auf dem Rückweg in Berlin, wo er arbeitete, zu besuchen. Das erschien mir schwierig, ich fragte nach, wie viel Zeit er denn überhaupt für mich hätte, er antwortete ehrlich: weniger als 24 Stunden. Ich dachte bei mir, dass es ihm an Dreistigkeit nicht fehlte, mir einen solchen Aufwand zuzumuten, für so wenig gemeinsame Zeit. Aber er bestand so dringlich auf einem Wiedersehen, dass ich versprach, mich über die Möglichkeiten zu informieren.

Am nächsten Morgen erwachte ich in Panik. Ich wollte so etwas nicht. Es war eine unmögliche Liebe. Ich hatte schon einmal eine Beziehung mit einem verheirateten Mann, sie hatte ein böses Ende genommen. Ich hatte mir damals geschworen, nie wieder so eine Liebschaft einzugehen. Und dann hatte er auch noch kleine Kinder, ich wollte damit nichts zu tun haben. Außerdem lebte er in Deutschland, aus meiner Sicht am Ende der Welt. Nein wirklich, das ging alles nicht. Ich musste ihm klarmachen, dass unsere Beziehung so nicht weitergehen konnte. Die Gedanken kreisten in meinem Kopf. Ich überlegte, wie ich ihn dazu bringen konnte, all das zu akzeptieren, er war so blind und verliebt. Ich wusste nicht, wie ich da rauskommen konnte, es war, als würde ich gegen den Strom seiner Begeisterung schwimmen müssen.

Also entschied ich, ihm zu schreiben, dass die Liebe, die er für mich empfand, aus ihm heraus kam und dass ich nur das Objekt oder die Gelegenheit war, diese Liebe auszuleben. Er müsse diese Liebe auf seine Familie und seine Kinder rücküberträgen. Die brauchen ihn. Dies war ein Gedanke, der aus meinen Seminaren zur persönlichen Weiterentwicklung stammte, ein naiver vielleicht, aber er half mir, ich klammerte mich daran.

Ich musste meinerseits weiterreisen. Während der Zugfahrt nach Stockholm, wohin ich mit Nicole fuhr, formulierte ich Sätze in meinem Kopf. Später, sobald ich konnte, schrieb ich sie auf Papier, ich dachte an nichts anderes. Schließlich schickte ich meinen Brief mit diesem Inhalt ab.

Dennoch überprüfte ich in Stockholm zur Beruhigung meines Gewissens die Möglichkeit, mein Flugticket über Berlin umzubuchen: wie vermutet war es nicht möglich, es hätte ein Vermögen gekostet. Ich musste es ihm sagen. Zwei Tage später ging ich in einer anderen Stadt, in Göteborg zur Post, um ihn anzurufen. Es regnete. Ich erreichte ihn in Berlin, wo er mit einem Kollegen arbeitete. Es fiel ihm sichtlich

27

schwer zu akzeptieren, dass ich nicht kommen würde. Er fragte mit Nachdruck, ob es wirklich unmöglich sei. Er hätte mich so gern wiedergesehen. Ich erklärte es, so gut ich konnte, wiederum verwirrt von der Intensität seiner Enttäuschung. Dann sagten wir uns endgültig Auf Wiedersehen.

Nach Verlassen der Post ging ich durch die vom Regen nassen, düsteren Straßen Göteborgs. Unter dem Regenschirm schlug mein Herz bis zum Hals. Wie konnte ein Telefongespräch mit ihm mich so aus der Bahn werfen?

Zurück in Amsterdam, von wo aus ich nach Montreal fliegen wollte, ging ich ins Hotel, um seinen Brief abzuholen. Ich öffnete den Brief auf der Straße, er enthielt vier linierte Blätter, eng beschrieben. Auf den letzten Blättern hatte er auch Sätze an den Rand geschrieben, weil nicht genügend Platz war. Im Gehen las ich die ersten Zeilen: „Meine Frau aus Québec". Ich war amüsiert, ich dachte, hat er etwa eine Frau in jedem Hafen? Eine reizende Ungeschicklichkeit seinerseits. Der Brief war auf Englisch, die Sprache, in der wir uns kennengelernt und unterhalten hatten, einige Worte auf Französisch. Er verstand Französisch, fühlte sich aber darin damals nicht sicher genug, um es zu sprechen.

Er erklärte mir seine Liebe, seine Sehnsucht, konjugierte sie in tausend Worten. Er sah mich als aufrechte und würdevolle Frau, ein zur Hingebung fähiges Wesen. Er fühle sich stark und lebendig mit mir, zugleich ruhig und kraftvoll, als Mann gefragt und anerkannt.

Er hoffe, dass wir uns eines Tages wiedersehen würden. Sollte dies nicht geschehen können, würde er mich in sich tragen, im Verborgenen seines Herzens, wie ich es ihn gelehrt hätte. Ich hatte schon fast vergessen, dass ich ihn dahingehend am Telefon beeinflusst hatte. Er sprach über seine Bemühungen, wieder auf die Füße zu kommen, er wolle nicht leiden, und dennoch steige in einigen Momenten tiefe Traurigkeit in ihm hoch.

Ich las den schönsten Liebesbrief, den ich jemals erhalten hatte, auf einer Bank an einem Kanal in Amsterdam, romantischer ging es nicht. Ich vernahm seinen ergreifenden Ruf.

Ich flog zurück nach Montreal. Mein normales Leben holte mich wieder ein. Christoph beantwortete meinen Brief nicht. Einen Monat später erhielt ich eine Postkarte aus Spanien. Er machte dort Ferien mit seiner Frau und seinen Kindern. Er schloss mit dem Satz: „Ich bin glücklich". Da hatten wir es, ich konnte das Kapitel abschließen. Ich bereute nichts, ich war erleichtert. Mein Rat schien funktioniert zu haben.

Ich lebte mein Leben wie zuvor, dachte selten an das, was ich in Schweden erlebt hatte. Eine Sache allerdings hatte sich grundlegend geändert: ich suchte nicht mehr nach einem Mann. Ohne dass ich es mir erklären konnte, war ich nicht mehr bemüht jemanden zu finden, mit dem ich ein neues Leben beginnen könnte.

Neue Wege

Vor diesem Kongress und der Begegnung mit Christoph hatte ich in meinem Leben wichtige Schritte der Veränderung unternommen. Neue Wege hatten sich vor mir aufgetan.

Zuerst einmal hatte ich mich endlich scheiden lassen. Das war nicht ohne, aber es war problemlos gelaufen. Ich lebte zu diesem Zeitpunkt bereits mehrere Jahre getrennt von Bernard, meinem Ehemann. Er war es, der gegangen war, aber ich war einverstanden gewesen. Es hatte keinerlei Konflikte gegeben, weder Einwände hinsichtlich des Sorgerechts noch wegen der Höhe der Unterhaltszahlungen.

Eines Abends kam Bernard vorbei. Er hatte den Unterhalt für die Kinder nicht rechtzeitig gezahlt, seit unserer Trennung vier Jahre zuvor war das schon mehrfach vorgekommen. Ich hatte ihn angerufen, nun kam er, um mir einen Scheck vorbei zu bringen.

Er kam herein, wir setzten uns einige Minuten. Ich erzählte von den Kindern, was sie gerade machten und erlebten. Er wusste es nicht, er sah sie selten. Er hörte zu, sagte „ja" oder „mmh", mit einem Lächeln in seinem runden Gesicht, das verständnisvoll wirken sollte, aber ich spürte, dass er nicht wirklich verstand. Er war nicht voll präsent. Ich hatte den Eindruck, einen Softball zu werfen, der nicht wieder hochsprang, sondern einfach liegen blieb und in sich versackte.

Als er beim Abschied an der Tür stand, sagte er mit diesem naiven Gesichtsausdruck, den ich so gut kannte: *Weißt Du, ich liebe Dich immer noch.*

Er hatte mir das mehrfach seit unserer Trennung gesagt. Ich lächelte, verlegen. Ich wusste nicht, was ich antworten sollte. Fast hätte ich gesagt: „Ja, das ist lieb."

Innerlich war ich aber perplex. Wir lebten nicht mehr zusammen, hatten aber dennoch eine gewisse Beziehung. Ich war nicht mehr verliebt in ihn, ich fühlte mich ihm nicht nah, aber auf eine gewisse Weise mochte ich ihn immer noch. Ich sah die Bemühungen, sein Alkoholproblem zu bewältigen. Was uns fehlte, war echte Kommunikation: wir konnten uns nicht mitteilen, was wir tief im Inneren fühlten. Ich hatte das schon vor unserer Hochzeit bemerkt. Ich hatte deswegen damals einen Moment Panik gehabt, aber mein Gefühl nicht gehört, und ihn trotzdem geheiratet, in der Hoffnung, dass es nach dem Heirat besser wird: er hatte es mir versprochen. Er war neun Jahre älter als ich, ich war gerade 22 Jahre alt.

Ich sagte mir, wenn wir uns jetzt scheiden ließen, würde ihm das vielleicht helfen, sich von mir zu lösen, und er würde mir diese peinlichen Liebeserklärungen ersparen. Also einige Tage später rief ich ihn an, um ihm vorzuschlagen, die notwendigen Schritte einzuleiten. Er widersetzte sich nicht, sagte, wenn ich die Kosten für die Scheidung übernehmen würde, würde er sich um die Annullierung der kirchlichen Trauung kümmern. Für mich hatte diese Annullierung keine Bedeutung, aber warum nicht. Also zahlte ich die Scheidung allein, die schnell von statten ging. Von nun an war ich frei.

Zweitens war es mein Wunsch, meinen Kindern näher zu kommen, der mir auf eine überraschende Weise erfüllt worden ist, was mir wiederum neue Perspektiven eröffnete. Meine Töchter waren 17 und 16 Jahre alt, mein Sohn 15. Ich war an einem Zeitpunkt angelangt, wo ich begann zu begreifen, dass ich und die drei Kinder bald nicht mehr viel Zeit zusammen verbringen würden. Sie würden erwachsen werden und ihrer Wege gehen. Ich hatte also das Bedürfnis, zu viert etwas Großes zu erleben, etwas, was uns einander näher bringen und vielleicht fürs Leben zusammenschweißen würde, bevor sie das Nest verließen. Ich dachte an eine Reise, zum Beispiel nach Mexiko. Ich erzählte ihnen, dass ich ab sofort Geld für eine solche gemeinsame Reise sparen würde. Aber es kam anders, es war eine ganz andere Erfahrung, die uns näher zusammenbrachte.

Wir hatten von einem Seminar über „Persönliches Wachstum" gehört. Es sollte ein Wochenende lang dauern und einige hundert Dollar kosten. Freunde meiner Kinder hatten bereits daran teilgenommen, sie sagten, dass es beeindruckend gewesen sei. Anne-Marie, meine älteste Tochter, wollte das Seminar als erste machen. Ich willigte ein, es für sie zu bezahlen. Als sie danach zurückkehrte, bemerkte ich keine große Veränderung an ihr, außer, dass sie Freunde gefunden hatte. Sie ging weiterhin zu den nachfolgenden Gruppentreffen. Sie war vorher sehr einsam gewesen, seit sie nach einer Gehirnoperation ein ganzes Jahr Schule verpasst hatte und dadurch ihr Freunde verloren. Ich war froh, dass sie ein neues soziales Umfeld für sich gefunden hatte.

Bei einem Treffen in der Stadt, bei dem ich anwesend war, wurde für die Veranstaltung geworben. Teilnehmer der vorausgegangenen Seminare versuchten, durch ihre Erfahrungsberichte Leute dazu zu bringen, sich anzumelden. Ich fand, dass sie einen Schlag zu begeistert waren, ich blieb skeptisch. Ich meldete mich nicht an.

Dann wollte mein Sohn, Jean-François, es doch auch machen. Als er zurückkam, sah ich sofort, dass er sich verändert hatte. Sein Gesichtsausdruck war offener, es ging von ihm ein Leuchten aus, er strahlte. Er begann, mit mir zu reden, wie er es vorher nie getan hatte. Einmal, nach einem langen Gespräch, wir saßen beide am Küchentisch, sagte er mir: *Weißt du, Mama, vor dem Seminar hätte ich nie mit dir so sprechen können. Ich hab dir einfach nicht zugehört. Jetzt höre ich dir zu.*

Es stimmte, er hörte mir zu, ich sah, dass er von dem, was ich sagte, berührt war. Also dachte ich, wenn das Seminar eine solche Wirkung auf ihn gehabt hatte, würde für mich dort vielleicht doch auch etwas zu holen sein. Ich beschloss also, ebenfalls teilzunehmen, es mir zu gönnen.

Das Seminar begann an einem Donnerstagabend und dauerte bis zum Sonntagabend. Am Freitag wurde ich 42 Jahre alt. Wir waren um die hundert Teilnehmer, Männer und Frauen. Mehrere Leute hielten Vorträge, wir führten Übungen in Gruppen und Rollenspiele durch, in denen es um unsere Gefühle in den Beziehungen zu unserer Familie und zu den uns nahestehenden Menschen ging.

Bei einer der Übungen, die den Höhepunkt des Seminars darstellte, präsentierte sich jeder Teilnehmende exponiert auf der Bühne – wir nannten es schlicht „nach vorne gehen" – und er oder sie begann einen Dialog mit den Seminarleitern, einem Mann und einer Frau. Diese hatten eine Art zu fragen, die nicht nur der betroffenen Person, sondern auch den anderen Teilnehmern klarmachten, wo die Person Schwierigkeiten hatte, wo sie „hängengeblieben" war, welchen Schritt sie noch nicht gemacht hatte, um etwas zu überwinden oder eine Blockade zu beseitigen. Für einige Personen hieß das, ihrem Vater oder ihrer Mutter zu vergeben, für andere, eine ungute Beziehung zu beenden, für noch andere, eine bestimmte Angst zu erkennen und loszulassen. Die Atmosphäre war so, dass die meisten Leute bereit waren, sich zu öffnen, die Fragen ehrlich zu beantworten. Die Schritte, die die Personen machen sollten, hingen ganz und gar von ihnen selbst ab, nur sie hatten es in der Hand, Entscheidungen zu treffen. Wenn sie dann solche Entscheidungen trafen und sich weiter öffneten, applaudierten die anderen, sie freuten sich mit ihnen.

Ich weiß nicht mehr, was ich sagte, als ich vorn stand. Ich erinnere nur, dass ich das Gefühl hatte, meine Emotionen nicht voll ausgedruckt zu haben. Ich weiß nicht warum. Am Ende fand ich mich bei der Freundin meines Sohnes wieder, die ebenfalls da war. Ich nahm sie in die Arme und weinte und schluchzte, sie stellte meine drei Kinder dar, sie repräsentierte sie. Nach meinem Weinkrampf fühlte ich mich ganz offen, entspannt. Dieses Mal hatte ich es zu Ende gebracht: mein tiefer Wunsch nach Nähe und Einigkeit, fast Einheit mit meinen Kindern, wurde mir klar, drückte sich aus und ich akzeptierte ihn.

Als ich vom Seminar nach Hause zurückkehrte, kam meine Tochter Pascale die Treppe herunter, um mich zu begrüßen. Sie sah mich an und sagte sofort: *Ich will es auch machen.* Bis dahin war sie sehr zögerlich gewesen. Also nahm sie im darauffolgenden Monat ebenfalls an diesem Seminar teil.

Die inneren Ereignisse während des Seminars haben mich sehr geprägt. Durch die Übungen und Überlegungen wurde mir der Panzer des Misstrauens bewusst, den ich um mich herum aufgebaut hatte. Ich gab meinen Groll auf. Ich war plötzlich in der Lage, Dinge zu vergeben, die Spuren in mir hinterlassen hatten, und ich machte erste Schritte in Richtung einer neuen Fähigkeit, nämlich anderen zu vertrauen. In gewisser Weise hat mir der Kurs gezeigt, wie man positiver, offener und glücklicher werden kann. Zu jener Zeit war mir nicht klar, wie sehr das, was dort gelehrt wurde, spirituell war.

Die Wirkung des Seminars wurde verstärkt durch ein "Team"- Wochenende, das einen Monat später stattfand. Hier arbeiteten die Teilnehmer gemeinsam an der Vorbereitung und Durchführung des nächsten Seminars und kamen erneut mit der Botschaft in Kontakt, die transportiert wurde. Diese Handlungserfahrung war für mich ebenso wichtig wie das vorherige Seminar.

Nach unseren Seminaren erlebte ich eine ganz außergewöhnliche Zeit. Wenn ich von der Arbeit nach Hause kam, fingen wir, die Kinder und ich, im Wohnzimmer sitzend sofort an miteinander zu reden. Ich vergaß fast, das Essen zu machen, so sehr war ich von dem Austausch mit ihnen fasziniert. Gesprächsthemen waren vor allem die verschiedene

Übungen und was sie bedeutet hatten. Wir erzählten uns, was jeweils in „unserem" Seminar passiert war, wir verstanden es gegenseitig auf Anhieb. Wir entwickelten gemeinsame Vorstellungen und Werte, wie nie zuvor. Ich dachte, wie es fabelhaft sei, dass wir dieselbe Art der Fortbildung hatten machen können. Dann wurde mir bewusst, dass meine Absicht vom letzten Sommer anders und viel besser, als ich es mir je habe vorstellen können, sich erfüllt hatte.

Drittens hatte ich gelernt zu meditieren, was sich als sehr wichtig für mein Leben herausstellen sollte.

Zweifellos war es die innere Öffnung, die ich im Seminar in mir erlebt hatte, die es mir ermöglichte, mich mit dem Gedanken anzufreunden, zu meditieren. Bernard hatte mir von sich aus erzählt, dass die Meditation das Einzige sei, was ihm weiterhelfen würde, nicht wieder zu trinken. Ich selbst hatte zwar kein Alkoholproblem, aber die innere Ruhe, die er dort zu finden schien, zog mich an.

Er nahm mich mit zu einer Einführungsveranstaltung. Das Ziel lag darin, einen transzendentalen Zustand zu erreichen, ein inneres Glück, das den Meditierenden und sogar seine Umgebung harmonischer machte, man hatte darüber sogar wissenschaftlich recherchiert und einen Rückgang an Kriminalität in jenen Stadtvierteln nachgewiesen, in denen viele Leute meditierten.

Ich nahm also an einen Kurs teil, der über vier Tage ging. Die Frau, die es mir beibrachte, ließ mich in ihrer Gegenwart praktizieren, sie bestätigte mir, dass es wirklich Meditation war, was da passierte. Das beruhigte mich. Ich brauchte damals diese Bestätigung von außen noch. Ich glaube, sonst hätte ich immer gezweifelt, hätte mich gefragt, ob ich es wirklich richtig mache.

Man empfahl uns, zweimal am Tag zwanzig Minuten lang zu meditieren, morgens und abends. Ich gewöhnte es mir an, dafür extra früher aufzustehen. Ich liebte die Wirkung der

Meditation, sie zentrierte mich, brachte mir Ruhe und Gelassenheit. Ich betrat dabei einen inneren Raum in mir, fühlte eine Energie in mir aufsteigen, die wie ein Strom war, in dem ich friedlich schwamm. Wenn ich nicht meditieren konnte, fehlte mir etwas.

Aus Alt mach Neu

Sechs Monate nach meiner Begegnung mit Christoph war ich bei Bernard zum Abendessen. Wir trafen uns gelegentlich. Für gewöhnlich lud er mich ins Restaurant ein, wie er es auch mit anderen Freundinnen machte, sein Adressbuch war gefüllt mit Namen von Frauen.

An jenem Abend hatte er vorgeschlagen, bei ihm zu Hause zu essen, weil er sparen wollte. Das Ausgehen in Restaurants war teuer. Dieses Mal hatte er gekocht und präsentierte sein Essen stolz. Ich lobte ihn. Wir redeten über dies und jenes, über Politik, über Kultur, z.B. die neuesten Filme, über seine Arbeit beim Fernsehen. Auf dieser Ebene konnten wir uns gut verständigen.

Ich fühlte mich entspannt, auf bekanntem Terrain. Während wir redeten, dachte ich daran, wie viel wir doch zusammen erlebt hatten, wie viel Gemeinsamkeiten wir immer noch hatten. Er sprach von seinen Geldschwierigkeiten und von seinen Anstrengungen, die Lebenskosten zu reduzieren. Während ich ihm zuhörte, dachte ich, dass auch ich nur ein begrenztes Budget hatte und dass Paare, die zusammenlebten bzw. zusammenblieben, den Vorteil haben, ihre Kosten zu teilen und so besser über die Runden zu kommen. Ich sagte mir, dass Bernard alles in allem doch seine guten Eigenschaften hatte und guten Willens war. Er hatte mit dem Trinken aufgehört, im Restaurant bestand er immer darauf, dass ich Wein trinken könnte, während er keinen zu sich nahm.

So kam mir eine Idee. Wenn ich ihm vorschlüge, in mein Haus zu ziehen, würden wir beide finanziell besser klar kommen. Außerdem: Ich war es leid, allein zu sein und glaubte nicht mehr an die Möglichkeit, ein neues Leben mit einem anderen Mann anzufangen. Ich hatte sogar ein wenig Angst vor einer neuen leidenschaftlichen Beziehung, die im Alltag nur schwer aufrechtzuerhalten wäre. Eigentlich könnten Bernard und ich wieder zusammen leben, ohne verliebt zu sein.

Ich schlug ihm das einfach vor und sagte, dass wir versuchen könnten, unsere Beziehung auf eine andere Basis zu stellen. Er reagierte mit Begeisterung. Sein Gesicht hellte sich unmittelbar auf, er nahm mich in seine Arme und küsste mich. Er konnte zwar nicht gut küssen. Sein Mund war nicht flexible, das war nicht zu vergleichen mit den tiefen, sanften Küssen, die ich in der Umarmung mit Christoph erlebt hatte und die an einen Austausch der Seelen führten Aber ich fühlte mich immerhin geborgen in seinen Armen, ich hatte zumindest das Gefühl, von einem bequemen, flauschigen Teddy umarmt zu werden.

Bernard organisierte zügig seinen Umzug. Unsere Tochter Pascale hatte sich einverstanden erklärt, ihm ihr Zimmer zu geben, das genauso groß war wie meines. Er hat dann teure Tapeten mit Naturfasern auf seine Wände aufbringen lassen und die Schlafzimmermöbel aus schönem Holz mitgebracht, die wir bei unserer Heirat gekauft hatten.

Gleichzeitig hatte für mich ein neuer Lebensabschnitt begonnen. Ich war froh, nicht mehr allein zu sein. Jeder ging seinen Beschäftigungen nach wie zuvor, aber wir nahmen gemeinsam die Mahlzeiten ein, gingen manchmal aus, besuchten Freunde, gingen ins Kino. Ich begleitete ihn zu Empfängen. Die Leute um uns herum schienen diese neue, andersartige Beziehung gutzuheißen. Meine neue Stabilität beflügelte mich, ich hatte wieder Energie, um Projekte anzugehen. Ich hatte ein Magisterstudium hinter mir, nun war die Masterarbeit dran. Ich erhielt drei Monate Bildungsurlaub, ich verbrachte sie mit Recherchen in Bibliotheken und in Gesprächen mit betroffenen Lehrern, die mir halfen, meine

Forschungsfrage zu präzisieren. Ich fing auch wieder an, zuhause Gymnastikübungen zu machen. Ich hatte eine gewisse Abfolge erlernt, die ich allein durchführen konnte.

Während der Woche kam ich oft gegen fünf Uhr nach Hause, ich machte dann meine körperlichen Übungen vor dem Abendessen. Er, wenn er da war, wartete auf das Essen, ausgestreckt auf seinem Bett, den Kopf auf seinen Arm gestützt spielte er mit seinem Pocket-Computer oder machte Ähnliches.

Eines Abends hatten wir Karten für die Vorstellung eines Komikers. Gegen sechs Uhr rief er mich an, um mir zu sagen, dass er sich verspäten würde. Er schlug vor, dass ich allein schon ins Theater vorgehe und seine Karte an der Kasse hinterlege. Er würde dann nachkommen. Ich ging in den Saal, die Vorstellung begann. Je mehr Zeit verging, desto unbehaglicher fühlte ich mich. Es gelang mir nicht, mich auf das zu konzentrieren, was der Komiker vortrug. Ich hörte die Sätze, aber ich konnte nicht folgen und mich schon gar nicht amüsieren. Die Leute um mich herum lachten, ich fand gar nichts witzig.

Nach der Pause war er immer noch nicht angekommen und ich war niedergeschmettert. Ich hatte das früher schon mit ihm erlebt, das lange Warten auf ihn, ohne Ende. Stundenlang hatte er kein Lebenszeichen von sich gegeben, und dann kam er sehr spät nach Hause, betrunken. Das Szenario wiederholte sich offenbar gerade, das war fast offensichtlich. Ich war naiv gewesen zu glauben, dass er sein Alkoholproblem im Griff oder gar gelöst hatte.

Ich ging nach Hause und schaffte es tatsächlich, einzuschlafen. Ich hörte ihn nicht, als er nach Hause kam. Am nächsten Morgen sah er krank aus, er zitterte, auch das kannte ich. Er sagte mir sofort:

- *Ja, ich habe getrunken, aber ich hatte einen Grund, wenn du wüsstest, was mir passiert ist.*

Er fing an, mir eine abenteuerliche Geschichte zu erzählen. Er sei zu einem schweren Autounfall gerufen worden, an dem Mitarbeiter aus seiner Firma beteiligt gewesen seien, es habe Tote und Verletzte gegeben. Das habe ihn so erschüttert, dass er sich nicht vom Trinken habe abhalten können. Ich hörte ihm zu, wie benommen. Es war unglaubwürdig und dennoch erzählte er mir alles mit so viel Überzeugungskraft, dass ich ihm zuhörte, ohne zu reagieren. Ich war sprachlos.

Um mein Gewissen zu beruhigen, überprüfte ich die Medien, ein Unfall von diesem Ausmaß, wie er ihn beschrieben hatte, würde gewiss in der Zeitung stehen, aber natürlich fand ich nichts. Ich konnte es nicht fassen. Wie konnte ein so intelligenter Mann, Rechtsanwalt, General-sekretär eines großen Unternehmens, solche Geschichten erfinden? Der Einfallsreichtum eines Alkoholikers verschlägt einem die Sprache.

Ich konfrontierte ihn nicht mit der Realität, ich ging einfach darüber hinweg. Er sprach nie mehr von dem angeblichen Unfall und ich auch nicht. Dennoch fragte ich mich, was ich tun sollte. Ich hatte nicht den Mut, ihn zu bitten zu gehen, wieder auszuziehen. Ich beschloss zu warten, um zu sehen, wie häufig solche Rückfälle auftreten würden. Wenn er nicht gewalttätig werden und es nicht zu oft vorkommen würde, könnte ich vielleicht mit der Situation lernen zu leben.

Aber insgesamt für mich war unsere Beziehung förmlicher geworden, ich hatte mich wieder distanziert von Bernard.,

Nur eine solche Distanz hatte mir damals geholfen, mit derselben Situation fertig zu werden, als ich 27 Jahre alt war und drei kleine Kinder zu Hause hatte, und als ich begriff, dass ich ihm nicht helfen konnte, mit dem Trinken aufzuhören. Zu jener Zeit hatte ich ein Buch über Ehefrauen von Alkoholikern gelesen, die sich bei dem Versuch, ihren Ehemann zu retten, weitgehend selbst zerstörten. Ich hatte damals verstanden, dass ich mich lösen und ihm die

Verantwortung für sein Problem selbst überlassen musste. Es war schmerzhaft gewesen, aber ich hatte es geschafft.

Die Rückfälle kamen nicht häufig vor, einmal im Monat vielleicht. Es passierte oft an einem Freitagabend. Er kam nicht nach Hause, rief nicht an, verschwand. Sobald ich erkannte, was los war, machte ich etwas anderes. Ich wartete nicht auf ihn. Am nächsten Morgen beachtete ich ihn nicht weiter. So wollte er es offenbar, vor allem ich wollte es so.

Ich teilte weiterhin mein Haus mit ihm und ging gelegentlich mit ihm aus. Die Meditation half mir, mein inneres Gleichgewicht zu bewahren. Ich verbrachte mehr Zeit mit Freundinnen. Ich hatte meinen Frieden mit der Situation geschlossen, sagte mir, dass es uns trotz allem im Wesentlichen nicht schlecht ging. Ich hatte keinen Grund, alles wieder völlig zu verändern.

Wiedersehen

Ich wohnte mit Bernard seit fast einem Jahr wieder zusammen. Eines Abends im Januar, wir waren ins Kino gegangen, fand ich bei meiner Rückkehr einen Brief von Christoph vor. Ich öffnete ihn sofort. Er schrieb, dass er im März aus beruflichen Gründen nach Montreal kommen würde, und fragte, ob er mich wiedersehen dürfte. Ich war in keiner Weise darauf gefasst, nach anderthalb Jahren, in denen ich nichts von ihm gehört hatte.

Er schrieb, er würde zwei Tage bleiben, bevor er nach Ottawa und in die USA weiterreisen würde. Er fragte mich, ob ich ihn beherbergen oder für ihn ein Hotel finden könnte.

Ich fragte Bernard, ob er etwas dagegen hätte, wenn ich einen deutschen Professor, den ich in Schweden kennengelernt hätte, beherbergen würde. Ich merkte, wie er erschrak und sich innerlich wehrte: natürlich wollte er das nicht, aber er wagte nicht, es zu sagen.

Ich fragte mich meinerseits, wie es wohl sein würde, Christoph wiederzusehen. Ich hatte wenig an ihn gedacht. Erst später begriff ich, warum ich ihn aus meiner Erinnerung vertrieben hatte. Es war wie das, was mir früher geschehen war, als es um meine Uhr ging.

Mit elf Jahren hatte ich mir eine Armbanduhr zum Geburtstag gewünscht. Meine Mutter hatte mir erklärt, dass sie zu teuer sei, dass sie es sich nicht leisten konnten, mir eine zu kaufen. Also hatte ich darauf verzichtet. Ich hatte mir gesagt, dass ich die Uhr eigentlich gar nicht brauchte, schließlich gab es überall im öffentlichen Bereich Uhren. An meinem 12. Geburtstag gab es eine Geburtstagsfeier, und meine Mutter schenkte mir…was wohl? Eine Armbanduhr. Ich schaute sie an und fühlte mich wie erschlagen. Mir war bewusst, dass ich Freude zeigen müsste. Aber ich fühlte keine: ich hatte so ernsthaft darauf verzichtet, dass ich den Kontakt zu meinem Wunsch verloren hatte. Ich musste mich anstrengen, um in mir den Wunsch wiederzufinden und mich aufrichtig zu freuen.

Ähnlich war es mir nun mit Christoph ergangen. Die Beziehung war nicht möglich, also war es besser, ihn zu vergessen. Aus Angst davor zu leiden hatte ich darauf verzichtet, die Erinnerung an jene Zeit zu pflegen, die ich mit ihm verbracht hatte. Ich hatte mich so geliebt gefühlt, so im Einklang mit ihm. Ich wollte einfach nicht daran denken, dass ich mit diesem sensiblen Mann hätte glücklich werden können. So hatte ich die Erinnerungen weggesperrt. Wenn ich daran dachte, hielt ich mich an dem Gedanken fest, dass diese Beziehung ohnehin zu intensiv war, als dass sie im Alltag zu leben wäre.

Ich hatte sogar den zweiten Brief vergessen, den er mir nach Amsterdam geschickt hatte, in dem er mir von seiner tiefen Traurigkeit erzählt hatte und wie sehr er mich bräuchte. Ich wollte mich weder von ihm berühren lassen noch zugeben, dass auch ich traurig war - und ich wollte es auf keinen Fall sein.

Nun tauchte Christoph plötzlich wieder auf, er würde hierher kommen. Ich wusste nicht, wie es sich anfühlen würde, ihn wiederzusehen. Ich schrieb ihm, dass ich ihn beherbergen könne und dass ich auch ein wenig Angst davor hätte. Wir hätten uns beide verändert. Er antwortete, dass auch er hin- und hergerissen sei zwischen dem Wunsch, mich zu sehen und einer gewissen Furcht, aber eigentlich hätten wir keinen Grund, Angst zu haben, wir sollten nur den Moment genießen und herausfinden, wo wir stehen. Am Schluss schrieb er: *Ich sehne mich danach, dich zu sehen, dir in die Augen zu schauen, mit dir zu sprechen, dich zu riechen, dich zu atmen.*

Ich hatte ihm vorgeschlagen, vom Flughafen aus den Bus in die Stadt zu nehmen. Ich holte ihn an der Endstation in der Innenstadt ab. Ich kam zu spät wegen des chaotischen Verkehrs. Ich konnte mich nur vage an sein Aussehen erinnern. Als ich ihn dann an einem Wandtelefon so stehen sah, von dem aus er versuchte mich zu erreichen, erkannte ich ihn wieder. Sobald er mich sah, legte er den Hörer auf. Er kam auf mich zu und nahm mich in seine Arme, drückte mich ungestüm, sagte, dass es wunderbar sei, hier zu sein. Er hätte geglaubt, ich würde nicht mehr kommen.

Ich fuhr mit ihm nach Hause und stellte ihn meinen Töchtern und meinem Sohn vor. Gemeinsam nahmen wir ein schnelles Essen ein, dann zeigte ich ihm sein Zimmer. Ich sagte, er sei sicher müde, er könne schlafen, wenn er wolle. Dann fuhr ich zu meiner Mutter, die Geburtstag hatte. Die Kinder begleiteten mich.

Am nächsten Morgen ging ich mit ihm in den Keller, um ihm die Dusche zu zeigen, die neben dem Zimmer meines Sohnes lag; im oberen Stockwerk hatten wir nur eine Badewanne. Wir gingen gemeinsam in das Badezimmer. Ohne abzuwarten nahm er mich in die Arme und fing an, mich wild und sinnlich zu küssen. Ich war überwältigt, fühlte mich wirklich nicht bereit dazu und brauchte mehr Zeit, stieß ihn aber nicht zurück. Während ich mich küssen ließ, wurde mir klar, dass meine Kinder sich wundern würden. Nach einigen Minuten befreite ich mich. Später erfuhr ich, dass die Freundin meines Sohnes im Nebenzimmer nur darauf gewartet hatte, dass wir endlich wieder aus dem Bad herauskamen. Sie hatte nicht gewagt, an der offenen Tür vorbeizugehen.

An jenem Morgen hatte er Termine, auch ich musste arbeiten. Ich nahm mir den Nachmittag frei, um wenigstens den mit ihm zu verbringen. Ich fuhr mit ihm im Auto auf den Parkplatz eines Berges, auf den bekannten, namensgebenden Berg Mont Royal, von dem aus man einen sehr schönen Blick auf Osten der Stadt hatte. Wir stiegen aus dem Auto, lehnten uns gegen die Mauer, sahen auf die pulsierende Großstadt herunter. Er fand es schön. Er erzählte mir von seinem Leben in Deutschland, ich hörte ihm zu, es fiel mir schwer, dem zu folgen, was er sagte, nicht nur sprachlich. Was er sagte war mir fremd.

Dann drehte er sich um zu mir, legte seinen Arm um meine Schultern und sagte, dass er froh sei, mich wiedergefunden zu haben. Er habe es nicht zu hoffen gewagt. Seine blauen Augen strahlten. Ich spürte seine Ehrlichkeit. Ich fand seine Schwärmerei nicht so übertrieben wie in Lund. Seine Begeisterung tat gut. Nach und nach schmolz etwas in mir, ich ließ mich von seiner Freude anstecken. Ich schob den Gedanken an das, was uns trennte, beiseite und gab mich der Anziehungskraft hin, die sich da wie ein Magnetfeld zwischen uns aufbaute.

Wir stiegen ins Auto. Er nahm meine Hand.

- Ich liebe deine Hand. Sie ist zerbrechlich, ich fasse es nicht, wie schmal dein Handgelenk ist, und dennoch fühle ich deine Stärke. Schau, wie gut unsere Hände zusammenpassen.

Wir gingen essen in mein Lieblingsfischrestaurant im alten Montreal, *Chez Delmo*. Ich fühlte mich fröhlich, leicht, unbelastet. Er bestellte Weißwein, ich sah, dass er sich auskannte. Er machte sich über die affektierten, übertriebenen Gesten des Kellners lustig, als der den Wein servierte und nachschenkte, wir lachten. Ich genoss den exquisiten Geschmack des Fisches, die Finesse des Weins, den Charme unserer Gespräche.

Wir verließen das Restaurant und schlenderten durch die Straßen der Altstadt von Montreal. Es war Anfang März, aber gar nicht kalt, die Straßen waren uneben, aus uralten Steinen gefügt, ohne Touristen, verlassen an diesem friedlichen, himmlischen Abend. Er hielt mich fest umschlungen, wir hielten oft an, um uns zu küssen, und zögerten den Moment immer wieder hinaus, um nicht nach Hause fahren zu müssen.

Schließlich kehrten wir doch nach Hause zurück. Er kam in mein Bett, ich löschte das Licht. Wir kuschelten uns aneinander. Ich hatte Lust auf ihn, aber wir waren unsicher in dieser Umgebung. Bernard konnte jeden Moment nach Hause kommen. Als wir ihn dann kommen hörten, ging Christoph schnell in sein Zimmer. Ich ließ meine Tür verschlossen, Bernard kam nicht, um mit mir zu sprechen.

Den nächsten Tag haben Christoph und ich gemeinsam verbracht. Als er dann weg fuhr, war ich berauscht. Ich hatte mich von der Liebe überfluten lassen und hielt mich nicht mehr zurück.

Nach seiner Abfahrt rief ich meine Freundin Colette an, mit der ich zu jener Zeit viel Zeit verbrachte und die mir ihre Probleme in der Liebe anvertraut hatte. Ich erzählte ihr, was mit mir passiert war. Ich war froh, dies mit ihr teilen zu können, sie war die einzige, der ich es sagen konnte.

Und sie war sofort auf meiner Seite:

- Ihr müsst einen Ort haben, an dem ihr allein sein könnt, wenn er zurückkommt.

Sie bot mir ihre Wohnung an für die zwei Tage, an denen er nach Montreal zurückkehren würde. Während dieser Zeit würde sie bei einer Freundin schlafen, die ein Stockwerk unter ihr wohnte. Ich nahm bereitwillig ihr großzügiges Angebot an.

Um meine Abwesenheit zu begründen, erzählte ich Bernard und den Kindern, dass ich auf einen Kongress fahren müsste. Mir war klar, dass sie mir vielleicht nicht glauben würden, ich wusste, dass ich schlecht log. Aber das war mir in diesem Fall egal. Ich packte meinen Koffer und holte Christoph am Flughafen ab.

Wir stiegen die schmale Treppe hinauf, Colette wohnte im dritten Stock eines alten Wohnhauses, in einem altertümlich anmutenden, in die Länge gezogenen Apartment mit hohen

Decken. Christoph fand sie charmant. Das Schlafzimmer ging nach vorn hinaus. Meine Freundin hatte uns ein richtiges Liebesnest bereitet: im Zentrum das große kuschelige Bett mit bestickter Steppdecke, auf dem kleinen Tisch neben dem Bett ein wunderschöner großer Blumenstrauß mit sogenannten Inka-Lilien, zartrosa. Spitzengardinen verschleierten die hohen Fenster und waren romantisch anzusehen.

Endlich waren wir allein. Wir umfassten uns, ich stand vor ihm und berührte sein Gesicht. Er streichelte meinen Kopf, mit suchenden Händen und Küssen fingen wir an, uns wieder zu entdecken. Er war zugleich ungestüm und zärtlich und sehr aufmerksam, einmal legte er ein Kissen unter meinen Kopf, damit ich keine Spannung im Nacken spüren würde. Ich fühlte, wie er seiner Intuition folgte, empfänglich für meine Reaktionen. Seine Bewegungen waren genau richtig für mich, und so ließ ich mich fallen, so wie ich damals seinen Körperbewegungen gefolgt war, als wir in Lund zusammen tanzten. Ich genoss jede Berührung, jede Schwingung, jede Erregung.

Nach dem Höhepunkt blieben wir eng aneinander liegen, küssten uns weiter und genossen nebeneinander den tiefen Frieden. Als wir wieder anfingen uns umzuschauen und sanft zu reden, bewunderten wir die Schönheit des Lichts, das gefiltert durch die Gardinen fiel.

Die Tage mit Christoph vergingen schnell. Ich liebte es, Gesten des Alltags mit ihm zu teilen. Einmal stand ich vor dem Waschbecken in der Küche und war dabei, die Teller vom Frühstück abzuwaschen. Er kam, legte seine Arme um mich, legte seine Hände auf meine Brüste und sagte:

- Siehst du, du bist gefangen, du kannst dich nicht verteidigen.

Er liebte Berührungen und genoss es, berührt zu werden, er ließ keine Gelegenheit dazu aus. Er hatte es gern, wenn ich ihm den Kopf streichelte. Das überraschte mich, weil die meisten Männer, die ich bis dahin gekannt hatte, das nicht leiden konnten. Seine Mutter hatte ihn als Kind so gestreichelt; für ihn bedeutete diese Geste Zärtlichkeit und Schutz.

Für den Abend hatte ich geplant, in einem vornehmen Hotel essen zu gehen, oben auf einem Turm mit Blick auf die Stadt. Er wollte sich gut anziehen und fragte mich, ob er eine Fliege tragen solle. Das brachte mich zum Lachen: ich hatte noch nie jemanden eine Fliege tragen sehen.

Am nächsten Morgen brachte uns die Begierde wieder zu einander, wir liebten uns erneut in dem gemütlichen Bett. Ich konnte nicht genug von unseren Küssen bekommen. Ich liebte seinen Geruch nach frischem Brot, ich liebte sein Streicheln, seinen gierigen Mund auf mir. Wir blieben lange im Bett; danach mussten wir nach draußen, frische Luft schnappen. Also gingen wir durch das Viertel, auf diesen typischen Straßen von Outremont, von hundert Jahre alten Bäumen gesäumt, mit Außentreppen an den alten Hauser.

Als wir wieder nach Hause kamen, schlug er vor, ein Bad zu nehmen. Wir ließen Wasser in die alte, hohe Badewanne, die auf eisernen Füßen stand. Er setzte sich als erster hinein, dann ich mich ihm gegenüber, meine Beine über den seinen. Er legte seine Arme um mich. Ich erzählte von mir und spürte, wie aufmerksam er mir zuhörte. Noch nie hatte mir ein Mann so vertraut zugehört, noch nie hatte ich mich so verstanden gefühlt. Im warmen Wasser, umgeben von seinen Armen, im Schutze seines Körpers wusste ich plötzlich, dass es diese Intimität, diese Übereinstimmung war, die ich immer gesucht hatte, wonach ich mich immer gesehnt hatte. In diesem Moment sagte mein Herz Ja.

Am nächsten Morgen fuhr er fort. Ich wachte um fünf Uhr früh mit heftigem Bauchkneifen auf. Ich wand mich vor Schmerzen. Ich stand auf, versuchte im Nebenzimmer Übungen zu machen, tief zu atmen, um die Schmerzen abzumildern, aber es half nichts. Ich erinnerte mich an ein leichtes Beruhigungsmittel, das mir ein Arzt verschrieben hatte. Ich musste es von zuhause holen. Während Christoph noch schlief, fuhr ich mit dem Auto zu mir nach Hause, über den Fluss, auf die andere Seite der Stadt, fast eine halbe Stunde lang, ging dort durch eine Seitentür, nahm die Medikamente an mich - niemand hatte mich bemerkt.

Ich kehrte in "unsere" Wohnung zurück, legte mich wieder neben Christoph, der meine Abwesenheit gar nicht bemerkt hatte. Nach und nach ließen meine Bauchschmerzen nach, ich fühlte Erleichterung, ein Gefühl der Entspannung und der Frische dort, wo es vorher geschmerzt hatte. Während er seine Sachen packte, sagte Christoph mehrmals, dass er mich nicht verlassen wolle. Ich sagte nichts, auch ich wollte nicht, dass er wegging.

Am Flughafen gab er sein Gepäck auf. Wir gingen zusammen weiter und setzten uns auf eine Bank in einem Bereich, in den ich ihn noch begleiten durfte. Plötzlich brach er in Tränen aus. Ich hatte noch nie einen Mann so weinen gesehen. Er liebe mich, er wolle mich nicht verlassen, was würde aus uns werden?

Ich weinte nicht. Da, wo der Schmerz gewesen war, fühlte ich immer noch angenehme Frische, wie eine Art Kissen verhinderte sie, dass ich litt. Ich nahm ihn in die Arme, streichelte seinen Kopf, sagte, dass wir nicht für immer getrennt sein würden, dass wir schon Mittel und Wege finden würden. Er beruhigte sich ein wenig und ging.

Während ich nach Hause zurück fuhr, sagte ich mir, dass es unglaublich sei, was mit uns passierte. Wir hatten uns so wenig gesehen – zweimal zwei Tage lang – und waren so verliebt. Zwischen uns gab es eine außergewöhnlich tiefe Verbindung und Nähe und ein inneres Einverständnis, eine Anziehung, eine Affinität, obwohl wir uns kaum kannten.

Dennoch war ich mir sicher: ich konnte einfach nicht akzeptieren, dass es zu Ende sein sollte. Dieses Mal würde ich nicht wieder sagen, er solle zu seiner Frau zurückkehren.

Unsere Beziehung war zwar genauso unmöglich wie vorher, aber ich wollte das nicht mehr wahrhaben. Ich wollte unbedingt eine Lösung finden.

Unwahrscheinlich

Wie sollte unsere Beziehung weitergehen? Christoph war kaum weg, da hatte ich schon eine Idee. Ich konnte so nicht in der Schwebe bleiben, ich brauchte eine Perspektive.

Da wir nur wenige Tage miteinander verbracht hatten, konnten wir noch keine bleibende Bindung eingehen. Wir mussten uns erst besser kennenlernen. Für mich war klar: der nächste Schritt musste darin bestehen, mehr Zeit miteinander zu verbringen, möglichst auch in einer geschützten Umgebung. Was tun? Die beste Möglichkeit schien mir zu sein, gemeinsam zwei oder drei Wochen Urlaub zu machen. Das würde noch nichts an unserem Leben ändern, danach würden wir vielleicht klarer sehen.

Ich fühlte, dass ich ihm dies nicht vorschlagen konnte, es war noch zu früh. Der Wirbelwind, der über uns hereingebrochen war, musste sich zunächst legen, wir mussten alles in uns sacken lassen, was wir erlebt hatten. Mir war auch klar, dass sich seine Situation sehr von meiner unterschied. Ich war und fühlte mich frei, Anne-Marie würde bald heiraten, Pascale und Jean-François waren bereits 18 und 19, sie würden mich in naher Zukunft weniger brauchen; was Bernard anging, so fühlte ich keine Verpflichtung mehr.

Für Christoph war es anders, er lebte noch bei seiner Frau, auch wenn die Beziehung ihn nicht erfüllte oder zufrieden stellte. Ihre Kinder waren noch jung. Wenn er mit mir in Urlaub fahren würde, würde das möglicherweise das Ende ihrer Ehe bedeuten. Ich konnte so etwas von ihm nicht verlangen. Ich beschloss also abzuwarten, um diese Idee möglicherweise später bei einer passenden Gelegenheit vorzuschlagen.

Ich nahm mein vorheriges Leben wieder auf, aber es war nicht mehr dasselbe wie vorher. Ich war dermaßen bewegt, ich konnte mein Erleben nicht für mich behalten, ich musste darüber sprechen. Ich erzählte meiner Schwester Marie-Louise, was mir passiert war. Sie zeigte viel Mitgefühl. Dann erzählte ich es meiner Tochter Pascale, die mein Geständnis mit Sympathie aufnahm. Sie hatte seit einigen Monaten selbst einen Freund, ich denke, das half ihr, mich zu verstehen.

Bernard dagegen war plötzlich schlechtgelaunt, sogar jähzornig. Ich kannte ihn gut. Ich sagte: *Bernard, du spürst, dass da etwas ist, und du hast recht.*

Dann gestand ich ihm, dass ich in Christoph verliebt sei. Bernard beruhigte sich sofort, er akzeptierte es, zu meinem Erstaunen. Vielleicht rechnete er damit, dass es eine unmögliche Beziehung sei, über den Ozean, dass sie wieder vorbeigehen würde. Ich war froh, darüber gesprochen zu haben, ich hatte keine Lust, mit einem Geheimnis zu leben.

Ich dachte einzig und allein an die schöne Seite dessen, was ich erlebt hatte; ich wollte mir nicht eingestehen, dass es zum Teil auch ambivalent gewesen war, was mit mir passierte. Ich hatte mich geöffnet, mich ganz hingegeben. Aber ich war Tausende von Kilometern entfernt von ihm, stand da mit leeren Händen und Armen. Ich wollte doch nichts anderes, als in seiner Nähe sein. Ihm ging es anscheinend ähnlich: in seinem ersten Brief sprach er von seinen Bemühungen, in seinem bisherigen Leben wieder Fuß zu fassen. Er reagierte in vielen Situationen offenbar empfindsamer als früher. Ostern zum Beispiel war er mit seinen Kindern in die Kirche gegangen und zu Tränen gerührt gewesen.

Manchmal telefonierten wir miteinander, nicht sehr oft - zu jener Zeit waren Überseetelefonate noch sehr teuer. Also fingen wir einen Dialog über Briefe an. Wir schrieben uns fast jeden Tag, ich hatte das Bedürfnis, ihm alles zu erzählen, was ich täglich so erlebte, ihm ging es ebenso. Wir wollten die schreckliche Entfernung auf diese Weise überwinden, sie quasi wegwischen.

Ich sagte ihm, wie sehr ich ihn liebte, drückte meine Freude darüber aus, dass er ebenso fähig war, seine Gefühle in Worte zu fassen wie auch meine zu erahnen. Er schrieb mir genau, wie er sich jeweils in unterschiedlichen Situationen wahrnahm und fühlte, er fragte sich immer wieder, wie er ohne mich leben könne? Er ließ mich an seinen Emotionen teilhaben, allerdings schien er keine Zukunftsperspektive zu sehen. Einmal schrieb er, dass wir im Grunde genommen allein seien im Leben und auch allein bleiben würden. Eine Begegnung wie unsere sei so ein seltenes Wunder, aber man könne nicht sicher sein, dass dies im normalen Leben fortbestehe, aufrechterhalten werden kann.

Ich wollte ebenfalls vernünftig sein, Rücksicht auf seine Situation nehmen, ihn nicht bedrängen. Also schrieb ich ihm, er möge sich Zeit lassen um herauszufinden, was er wirklich wolle. Aber in Wahrheit hatte ich nur den einen Gedanken: ihn wiederzusehen und Zeit mit ihm zu verbringen. In jedem Brief suchte ich nach Hinweisen darauf, dass auch er über eine Möglichkeit nachdachte, mich bald wieder zu treffen.

Aber es kam kein solches Zeichen und ich fing an, skeptisch zu werden. War dies nicht die klassische Situation: ein verheirateter Mann verliebt sich in eine andere Frau, will oder kann in der Realität aber sein bisheriges Leben nicht wirklich verändern. Also hält er seine Geliebte hin, vertröstet sie, solange er nur kann.

Ich selbst war schon einmal in diese Falle getappt: ein verheirateter Liebhaber hatte mich überzeugt, dass seine Frau unsere Beziehung akzeptieren würde, wenn sie mich nur kennenlernen würde. Also hatte er mich ihr als Freundin vorgestellt, wir haben uns einige Male zu dritt getroffen, und dann passierte nichts mehr. Er zögerte es ständig hinaus, seiner Frau die Wahrheit zu sagen und sie zu verlassen.

Schließlich hatte sie erraten, dass wir doch eine Liebesbeziehung hatten; sie endete im Fiasko. Ich wollte das nicht noch einmal erleben.

Meine Zweifel endeten in einem dramatischen Tränenausbruch: Christoph liebte mich nicht wirklich, er würde sein Leben für mich *nie* ändern. Ich wollte diese Affäre beenden, ihn nie mehr wiedersehen, nicht mehr darunter leiden. Ich schluchzte stundenlang, hatte geschwollene Augen, ein aufgedunsenes Gesicht, große Bauchschmerzen.

Schließlich schaffte ich es, mich doch zu beruhigen. Mir wurde klar, dass ich innerlich eigentlich gar nicht in der Lage war, diese Beziehung zu beenden, zumindest noch nicht. Was mir Schwierigkeiten bereitete, war vor allem seine Abwesenheit zu akzeptieren, zuzugeben, dass er mir fehlte, und dass ich darunter litt.

Ich fing an, meine Zweifel schriftlich zu formulieren, mein Leiden verbal festzuhalten, und schickte ihm die Texte, damit er erfuhr, durch welche Gefühls-schwankungen ich ging und bisher schon gegangen war, ich nannte es meinen inneren „Sturm". Ich sagte ihm, er müsse die Texte nicht lesen, wenn er es nicht wolle. Er aber antwortete, dass mein "Sturm" ihm keine Angst mache, ich solle ruhig weiter alles aufschreiben.

Dann erhielt ich plötzlich eine Kassette von ihm: sie begann mit einer Kantate von Bach, es folgte Christophs schöne, tiefe Stimme, er rezitierte ein Gedicht von König David an der Königin von Saba, es war unglaublich schön. Er nannte mich seine Gazelle: ich liebte die Art, wie er das Wort Gazelle aussprach.

Im Mai schlug er überraschend von sich aus vor, dass wir gemeinsam Urlaub machen sollten. Er fragte mich, wo ich gern hinfahren würde. Ich hatte Lust, Griechenland kennenzulernen. Er war einverstanden, würde sich um die Planung unseres Urlaubs kümmern. An dem Tag, an dem er die Reise buchte, fiel er vor lauter Aufregung vom Fahrrad und verletzte sich. Er musste zwei Tage zur Beobachtung auf der neurologischen Station im Krankenhaus verbringen. Glücklicherweise war ihm nichts Schlimmes passiert, er konnte entlassen werden.

Das Leben feiern

Christoph holte mich vom Bahnhof in Osnabrück ab, der Stadt, in der er lebte und arbeitete. Drei Monate hatten wir uns nicht gesehen. Er brachte mich zu sich nach Hause. Seine Frau war mit den Kindern unterwegs, sie hatte uns die Wohnung für einen Tag sozusagen überlassen. Im ersten Stock einer weißen Villa zeigte er mir das Wohnzimmer, einen großen Raum mit hoher Decke und einer niedrigen Eckcouch, die voll mit Kissen belegt war. Sobald wir uns küssten, wurden wir wie von einer Welle davongetragen, wir schliefen sofort miteinander, dort auf den weichen Kissen, auf der Couch, fast auf dem Boden.

Am nächsten Tag flogen wir nach Rhodos, dem Ziel unserer Urlaubsreise. Im Flugzeug küssten wir uns oft, wenn wir uns unbeobachtet fühlten. Wir tranken Sekt, er nahm einen Schluck aus dem Glas und ließ beim Küssen die süße Flüssigkeit in meinen Mund strömen, das war unglaublich sinnlich und erregend.

Nach dem Verlassen des Flugzeugs stiegen wir in einen Autobus, der uns zum Hotel brachte. Christoph hatte mich vorgewarnt, dass er vorauseilen würde, um mit einer der ersten an der Rezeption zu sein. Er schaffte es, bei der Zimmerzuteilung ein Wörtchen mitzureden, ein ruhiges Zimmer für uns zu ergattern, das nach hinten ging, auf einen Garten zu, den man durch die heruntergezogenen Fenstertüren sehen konnte.

Das Hotel servierte nur Frühstück, zum Abendessen gingen wir deshalb in die sieben Kilometer entfernte Stadt. Wir nahmen einen öffentlichen Bus dorthin. Danach schlenderten wir durch die geschwungenen Straßen, kopfsteingepflastert und die an einigen Stellen mit Mosaiksteinen bedeckt waren.

Ich betrachtete die Häuser aus Stein, die Tische an den Straßen: es sah ganz anders aus als in den Städten, die ich bisher auf der Welt kannte.

Wir sahen ein Restaurant mit Tischen davor, auf denen Wachstischdecken lagen. Christoph meinte, dass wir hier richtig seien. Ich war überrascht, ich wusste nicht, nach welchen Gesichtspunkten er ein Restaurant beurteilte, das relativ einfach und so rustikal aussah. Drinnen lagen Fische hinter einer Glasscheibe, man konnte sie auswählen und grillen lassen. Christoph stellte fest, dass er nur D-Mark bei sich hatte, und damit nicht in Griechenland bezahlen konnte. Ich zog meine Kreditkarte, das Restaurant nahm sie an. Endlich konnte auch ich etwas finanziell beitragen. Mir war es unangenehm, dass Christoph immer alle Kosten übernahm.

Dann wollte ich es ebenfalls in die Hand nehmen, den Fisch auszusuchen und zu bestellen. Ich fing an, mit dem Restaurantchef entsprechend zu verhandeln, der aber sogleich mit Bestimmtheit sagte:

- *Vertrauen Sie mir einfach, ich weiß, was gut ist für Sie, ich wähle Ihnen einen guten aus.*

Mir war klar, dass er ein ziemlicher Macho war, aber ich wusste tatsächlich selbst nicht so recht, wie man den besten Fisch auswählen konnte, nach welchen Kriterien ich vorgehen sollte. So überließ ich es dem „Meister". Christoph war schockiert, er fand, dass ich dem Chef, er hieß Manolis, zu sehr freie Hand gelassen hatte und ihn bestimmen ließ. Er war in gewisser Weise eifersüchtig, das hatte ich bei ihm noch nie erlebt. Christoph redete immer wieder über dieses Ereignis, noch Jahre später; er warf mir vor, mich Manolis als Mann zu sehr anvertraut oder vielleicht sogar „hingegeben" zu haben. Und doch gefiel ihm genau wie mir der perfekt gegrillte Fisch, der köstliche Geschmack des zarten Fleisches und der knusprigen Haut, dazu der frische Weißwein.

Am nächsten Morgen wachte ich vor ihm auf. Ich nutzte die Zeit, um zu meditieren. Seitdem ich das Meditieren erlernt hatte, versuchte ich jeden Tag einen Zeitraum dafür zu finden, meistens am Morgen. Es war eine kostbare Zeit mit mir allein, in der ich in Kontakt mit meinem Innersten aufnehmen konnte, gleichzeitig beruhigte es mich für den Tag. Christoph akzeptierte und respektierte das.

Danach weckte ich ihn, es war schon spät, wir hätten fast das Frühstück verpasst, das nur bis 10 Uhr serviert wurde. Danach gingen wir an den Strand, man brauchte dazu bloß die Straße vor dem Hotel zu überqueren. Es war ein langer Sandstrand, hier und da standen Sonnenschirme aus geflochtenem Stroh. Wegen der kleinen Steine musste man vorsichtig ins Wasser gehen, aber einmal im lauen Wasser, war es einfach göttlich. Wir spielten miteinander: Er wiegte mich im Wasser, danach war ich dran: ich konnte ihn ebenfalls in den Wellen wiegen, der Auftrieb machte es möglich, ich fand es einzigartig, diesen großen männlichen Körper liegend im Arm zu halten, den ich sonst nicht heben konnte.

Nachdem Christoph das Meer verlassen hatte, schwamm ich noch weiter. Ich legte ich mich flach aufs Wasser und ließ mich reglos von den Wellen tragen. Christoph konnte das kaum glauben, er meinte, ich hätte wohl magische Kräfte, dabei war es nur ein natürliches Phänomen, das ich mit meinem Körper beherrschte.

Gegen Mittag bekam ich Hunger, Christoph war einverstanden, essen zu gehen. In einer schattigen Cafeteria in modernem Stil gleich neben dem Strand aßen wir griechischen Salat mit Fetakäse und schwarzen Oliven. Christoph mischte die Vinaigrette, ich schätzte die Art, wie er das Öl und den Essig solange dosierte und kostete, bis er den Geschmack und die Bindekraft der Sauce für gut befand. Beim Essen fingen wir an, über unsere Kindheit zu sprechen: dieser Urlaub war ja dazu da, sich besser kennenzulernen.

Später gingen wir ins Hotel zurück; draußen war es sehr heiß geworden, im Zimmer dagegen konnten wir die Holzjalousien schließen, so dass ein wenig Kühle vorhanden war und gleichzeitig bernsteinfarbenes Licht durch die Schlitze in den Holzlamellen einfiel. Christoph hatte kleine Kerzenhalter aus vergoldetem Metall und Kerzen mitgebracht. Er stellte sie auf die niedrige Kommode vor dem Spiegel, fügte ein Stück von einem ausgewaschenen Ast hinzu, den das Meer geformt und an den Strand gespült hatte, es sah aus wie ein kleines Kunstwerk. Und er legte Muscheln und Blumen drum herum. Unser Zimmer sah gleich ganz anders aus. Ich schaute gern auf dieses Arrangement, es verbreitete eine Stimmung von Schönheit und Harmonie.

Die Laken waren frisch, wir liebten uns heftig, wir berührten, atmeten, schmeckten uns, voller Lust und Begierde. Ich hatte ein tiefes Bedürfnis, mich fallen zu lassen, mich fortreißen zu lassen. Ich ließ ihn bestimmen, ich vertraute seiner Intuition, er spürte, was uns gut tat, ich konnte mich bedenkenlos gehen lassen. Wir dehnten die Liebkosungen immer wieder weiter aus, bis zum gemeinsamen Höhepunkt, danach kuschelten wir uns eng aneinander und genossen den tiefen Frieden: in diesem Moment der Ewigkeit waren Körper und Seele eins.

Als wir wieder nach draußen gingen, hatten die anderen Besucher bereits den Strand verlassen. Jetzt gehörte er uns ganz allein, zu einer Tageszeit, die wir am schönsten fanden, wenn die tiefstehende Sonne am Horizont alles in ein goldenes Licht tauchte. Wir gingen am Strand entlang, barfüßig, Hand in Hand. Und dippten unsere Füße immer mal wieder ins Wasser.

Danach kehrten wir wie am Vortag zurück in die erleuchtete Stadt. Nach dem Essen schlenderten wir erneut durch die schmalen Gassen von Rhodos. Wir entdeckten den Yachthafen mit seinen Becken von Segelschiffen und

Motorbooten, es waren Hunderte, im Päckchen verankert, schwankend im stillen Abendlicht. Wir liebten diese Sonnenuntergangsstimmung, den Geruch des Wassers, das Geräusch der Tampen und Wanten, die im Wind gegen die Masten schlugen.

Mir war aufgefallen, dass viele Männer weiße Hosen trugen. Auch ich trug weiße Hosen, und dazu knallige Farben an Blusen, mal türkisblau, mal rot. Ich schlug Christoph vor, sich ebenfalls eine weiße Hose zu kaufen, er stimmte zu, also gingen wir shoppen und er fand eine, die ihm gut stand. Ich fand ihn hinreißend, während er etwas scheu war, so gut und verführerisch auszusehen.

In einer Gasse in der Altstadt hörten wir Musik. Wir traten ein, es ging einige Stufen hinunter. Es war schummrig, die Tische waren aus Holz. Auf der Bühne spielten Musiker griechische Lieder, sie sangen zugleich mitreißend und melancholisch. Ich sah erstmals Bouzoukis und andere Instrumente, die ich nicht kannte. Wir setzen uns und hörten dieser betörenden Musik zu, einige Leute fingen an, im Kreis zu tanzen. Die Stimmung war faszinierend. Wir hätten eigentlich gehen müssen, um den letzten Autobus zu bekommen, entschieden aber, zu bleiben und später im Taxi nach Hause zu fahren. So genossen wir noch einige Stunden der Nacht. Irgendwann war ich müde. Christoph wollte immer noch nicht gehen, willigte aber ein mitzukommen. Auf der Straße küsste er mich ungestüm und sagte, dass er begeistert sei, dies mit mir zu erleben.

So verliefen die ersten Tage, alle ähnlich: morgens Strand, dann lange Siesta, wieder an den Strand und abends in die Stadt. Im Laufe der Zeit erzählten wir uns gegenseitig viel aus unserem Leben, wie es gerade in unsere Erinnerung kam. Ich hatte das Gefühl, dass er mir wirklich zuhörte, ich fühlte mich verstanden wie niemals zuvor, auch in Details. Jeden Tag flammte die Liebe erneut auf und wir schliefen miteinander, wir konnten uns aneinander nicht sattlieben.

Eines Tages machten wir uns fertig, um in die Stadt zu fahren. Mir war nicht aufgefallen, dass das T-Shirt, das ich trug, die Spitzen meiner Brüste durchschimmern ließ. Christoph sagte, meine Brüste würden ihn anmachen, er küsste mich lustvoll und wir schliefen erneut miteinander statt loszumarschieren. Als wir aufwachten, war es bereits elf Uhr abends, zu spät, um immer noch in die Stadt zu gehen. Also aßen wir eine Pizza in der Nähe des Hotels.

Christoph schlug vor, eine Insel in der Nähe zu erkunden, wir könnten dort die Nacht verbringen. Wir nahmen das Boot nach Kos. Als wir ankamen, wollte ich, dass wir sofort ein Hotel für die Nacht suchten, weil ich Angst hatte, später keines mehr zu finden. Er machte sich deswegen weniger Sorgen, war aber einverstanden, Wir mieteten ein Zimmer in einer sauberen, angenehmen Herberge, die von Dänen geführt wurde. Dann gingen am Hafen spazieren, schlenderten über einen Markt, ich probierte Strohhüte aus, Christoph schenkte mir einen. Er war begeistert:

- Er steht dir gut, du hast ja keine Ahnung, eine echte Pariserin steckt in dir.

Er hörte dabei nicht auf, sich um mich herum zu drehen, mich aus verschiedenen Winkeln anzuschauen, mir zu sagen, dass ich schön sei.

Am Nachmittag setzten wir uns draußen vor ein Café. Während Christoph ein Getränk schlürfte, erzählte er von seinen Skiferien mit seiner Frau. Jedes Jahr fuhren sie zwei Wochen in die Berge. Mit Begeisterung beschrieb er die Schönheit der Landschaft, den Spaß des Skifahrens, die Abende mit Freunden vor dem Kaminfeuer. Je länger er redete, desto trauriger wurde ich, ich hatte den Eindruck, er würde mir aus einer anderen Welt, von einem unerreichbaren Paradies erzählen. Er zeigte mir dadurch auch, dass er mit seiner Frau teilweise doch glücklich war und etwas mit ihr teilte, was ich nicht bieten konnte. Ich fing an zu weinen. Er war überrascht, versuchte mich zu trösten. Ich konnte ihm nicht wirklich erklären, was in mir vorging.

Für Christoph wurde es schwierig, wenn wir über meine Beziehung zu Bernard sprachen. Einmal saßen wir im Autobus nach Lindos, das auf der anderen Seite der Insel Rhodos lag. Christoph wollte genauer verstehen, warum die Beziehung zu Bernard für mich nicht zufriedenstellend war. Ich versuchte, ihm unsere Kommunikationsschwierigkeiten zu erläutern, die Unfähigkeit einander nahe zu kommen, auch Bernards Probleme mit dem Alkohol sprach ich an, aber es war schwierig für ihn, das alles nachzuvollziehen. Was ich sagte, überzeugte ihn nicht. Er konnte sich nicht vorstellen, dass ich Bernard eines Tages verlassen könnte. Er war ganz verunsichert, ich sah mich nicht in der Lage, ihn zu beruhigen. Schließlich schlug ich vor, von etwas anderem zu sprechen. Zum Glück brachte uns die Ankunft in Lindos auf andere Gedanken.

In Lindos entdeckten wir eine andere Landschaft, mit Befestigungsanlagen und Steilküsten. Wir badeten in einer großen Bucht, von der aus man die Stadtmauern sehen konnte, es war grandios. Wir schwammen im warmen Wasser. Ich nahm Christoph in die Arme, wir küssten uns. Endlich wurde er wieder ruhiger.

Wir machten noch weitere Ausflüge auf der Insel Rhodos. Christoph erkundigte sich bei anderen Touristen nach interessanten Orten. Einmal fuhren wir an einen wenig bekannten Strand, von dem uns jemand erzählt hatte. Nach Verlassen des Autobusses musste man eine halbe Stunde lang in der prallen Sonne laufen, der Gesang der Zikaden war ohrenbetäubend. Es war sehr heiß und wir hatten Durst. Zum Glück verkaufte jemand Wassermelonen am Straßenrand, wir genossen den erfrischenden Geschmack und erholten uns einigermaßen schnell. Schließlich kamen wir zu einem schönen, versteckten Strand, den wir nur für uns allein hatten. All die Anstrengungen hatten sich gelohnt.

In den letzten Tagen des Urlaubs wollte Christoph am Pool des Hotels liegen bleiben, mich dagegen zog es eigentlich ans Meer. Dennoch blieb ich bei ihm, nur ihm zum Gefallen. Ich ruhte mich aus, ausgestreckt auf einem Liegestuhl, die Hände auf dem Bauch. Er begann mich zu fotografieren. Bis dahin hatte er keine Fotos gemacht, offenbar fühlte er sich nicht danach, jetzt aber packte ihn eine Art Besessenheit. Er hörte nicht auf, um mich herum zu springen, mich aus allen Blickwinkeln abzulichten, mit Hut und ohne, aus der Ferne wie aus der Nähe, im Stehen und im Liegen

- Weißt Du, was ich gerade mache? Ich bin dabei, dich zu liebkosen, mehr noch: dich zu lieben.

Wir hatten uns aneinander berauscht in den beiden Wochen, waren wie gefesselt aneinander. Wir hatten alles gemeinsam gemacht. Während er sich mehr und mehr dem Fotografieren zuwandte, begann ich meinerseits zu schreiben. Ich versuchte, meine Gedanken in Worte zu fassen, die Liebe auszudrücken, die ich empfand:

- Ich hatte noch nie so sehr das Gefühl, dass ich reden kann und verstanden werde, dass mein Körper integer ist, mein Geschlecht lebendig. Habe niemals solch eine erfüllte, ergänzende, befriedigende Beziehung erlebt. Niemals so sehr einen Mann geliebt, seinen Körper, seine Augen, seine Stimme, seine Art, mit mir umzugehen, aufmerksam, intelligent, aktiv, genauso hingegeben wie ich selbst.

Mir wurde klar, dass ich mit ihm inzwischen fast verschmolzen war. Doch indem ich meine Wahrnehmungen und Eindrücke aufschrieb, nahm ich wieder stärker Kontakt zu mir selbst auf; ich konnte langsam im Wort, in der Sprache Distanz aufbauen. Ich beschloss, in Zukunft weniger symbiotisch zu sein und mehr zu schreiben.

Ein weiterer Gedanke bewegte mich. Christoph hatte gesagt, er wolle eines Tages mit mir leben. Ich fragte mich, ob wir den Herausforderungen des Alltags gewachsen sein würden, die wenn nicht die Liebe, so doch zumindest die Leidenschaft abtöten könnten, wie man so sagt. War eine starke, sinnliche Beziehung im Alltag überhaupt vereinbar mit Zuverlässigkeit, mit Kontinuität und Stabilität? Die leidenschaftlichen Liebesbeziehungen, die ich in meinem Leben bisher erlebt hatte, waren immer geheim gewesen, von alltäglichen Anforderungen getrennt, unbelastet etwa von Einkäufen oder der Beseitigung von Müll. Solche Liebesphasen hatten jeweils nur für eine ganz bestimmte Zeit gehalten.

Ich wollte das nicht als unabwendbares Schicksal hinnehmen. Was ich mir wünschte, war eine Beständigkeit in beidem. War ich dabei, nach dem Unmöglichen zu streben?

Aus dem Urlaub zurück in Osnabrück fuhren wir sofort aufs Land. Christoph hatte von einem Freund ein Zimmer in einem großen, Reet gedeckten Haus übernommen, das sich mehrere Personen als Wohngemeinschaft teilten. Das Haus war schön gelegen, umgeben von Bäumen und Feldern. Zweihundert Meter weiter sah man einen Kanal, der von Schiffen befahren wurde.

Am ersten Abend, beim Bettenmachen, brachte er mir bei, wie man den Bettbezug über die Decke zieht, er hatte das von seiner Mutter gelernt. Man musste den Bettbezug auf links drehen, die Ecken festhalten und sie auf die Ecken der Decke legen, dann den Bezug umdrehen, so dass die Decke bezogen war, danach die Knöpfe oder den Reißverschluss schließen. Ich merkte, dass er mir eine neue Bettenkultur nahebrachte, auf die er übrigens sehr stolz war. Er hasste die einfachen Laken und Wolldecken, wie wir sie bei uns in Kanada verwenden.

In damaligen Sommer herrschte eine außergewöhnliche Hitze in ganz Europa. Schon morgens war es heiß. Wir frühstückten draußen an einem Holztisch mit blaukarierter Tischdecke. Nach zwei Tagen wollte Christoph mit mir nach Paris fahren. Von der Idee war ich nicht begeistert. Ich fand den momentanen Ort so schön, warum sollten wir hier wegfahren? Aber er schien darauf zu bestehen, Wir packten unsere Sachen, die Vorbereitungen dauerten ihre Zeit, wir fuhren am späten Vormittag los. Nach einer Stunde Fahrt hatte ich Hunger: wir hielten an einem Restaurant, das er kannte. Während des Essens wagte ich endlich, ihn zu fragen, warum er unbedingt nach Paris wolle.

- Weißt du, eine Großstadt im Sommer, Beton, Autos, Abgase, davon bin ich nicht angetan, während es doch hier auf dem Land so schön ist.

Er war überrascht.

- Ich wollte dir einen Gefallen tun, dir das Beste von Europa bieten. Du hast also keine Lust, dorthin zu fahren?

Ich wiederum:

- Zu einer anderen Jahreszeit, ja. Aber jetzt ziehe ich die ländliche Idylle vor.

Wir kehrten um. Wir verbrachten glückliche Tage in dem Haus am Kanal. Ich kochte, bereitete haufenweise Gemüse zu, wir aßen gut, es war ein sinnlicher Genuss. Einmal setzten wir uns in den Schatten der Bäume in die Nähe des Hauses, er zeigte mir seine Fotoalben. Für mich war das ein kostbarer Moment, in dem er von seiner Familie erzählte, von der Liebe zu seinen Eltern und zu seinen Kindern. Als ich aufstand, weil ich etwas auf dem Herd hatte, fotografierte er die beiden ungleichen, rustikalen Stühle, auf denen wir gesessen hatten; sie waren noch warm von dem innigen Austausch, den wir gerade gehabt hatten, die Fotoalben lagen davor auf dem Boden.

Wir badeten in einem See in der Nähe. Es waren nicht viele Leute dort, es erinnerte mich an die Seen in Québec. Das gefiel mir. Einige Male fuhren wir nach Osnabrück hinein. Einmal, als Christoph kurz zu sich nach Hause musste, wartete ich im Auto unter an der Straße auf ihn. Ich kurbelte die Fensterscheibe herunter, atmete die laue Luft ein und ließ meinen Gedanken freien Lauf. In der Ruhe dieser schattigen Straße fühlte ich mich erfüllt von all dem, was ich gerade erlebt hatte. Eine Welle von großen Emotionen kam in mir hoch. Dieser Mann, ich liebte ihn, seine Art, seine körperlichen, mentale Präsenz, seine aufmerksame Liebe, unsere Gespräche, in denen ich Nähe spürte. Das war es, was ich seit langer Zeit gesucht hatte. Da merkte ich einmal mehr, dass ich mit ihm leben wollte.

Am späten Abend gingen wir zu einer *Crêperie* auf den Marktplatz. Laue Luft am späten Abend, sagte er, das sei so selten in Osnabrück. Wir setzten uns draußen an einen der Tische. Er war ganz stolz, eine Crêpe „Montreal" bestellen zu können, mit Ahornsirup und Walnüssen drin. Ich war weniger für etwas Süßes, bestellte also eine Crêpe mit Käse. Am Nebentisch saß ein Paar mittleren Alters. Die Frau betrachtete den Mann mit liebevollen Augen, ich fand sie schön dabei.

Ohne ihn

Urlaub vorbei, zurück in Montreal: ich kam am 19. Juli dort wieder an. Bernard holte mich zusammen mit Anne-Marie und Pascale ab. Es kam mir komisch vor, ich war in Gedanken noch ganz woanders.

Am nächsten Morgen wachte ich um fünf Uhr früh auf und ging am Golfplatz entlang spazieren, dort, wo viele Bäume stehen. Die Vögel zwitscherten aus voller Kehle. Für gewöhnlich stehe ich freiwillig nicht so früh auf, um ihr morgendliches Konzert zu hören. In der Frische dieser Morgendämmerung aber hörte ich ihnen heute mit Entzücken zu.

Ich reagierte insgesamt aufmerksamer und sensibler als früher auf alles, was ich sah und was um mich geschah. Meine Sinne waren wacher. Ich nahm meine Kinder intensiver wahr, sah mein Leben mit neuen Augen. Am Morgen danach schaffte ich es nicht, mich bei der Arbeit zu konzentrieren. Ich ging deshalb mittags wieder nach Hause, packte meinen Koffer aus, wusch die Wäsche. Ich versuchte, in meinem normalen Leben, in meinem Alltag wieder sicher Fuß zu fassen.

Einen Monat nach meiner Rückkehr erhielt ich ein Paket. Ein Album aus gelber Jute, 50 Doppelseiten dick, auf jeder Seite ein großes Foto, zwischen den Seiten Pergamentpapier. Auf der ersten Seite: mein Strohhut, flach hingelegt, eine rote Rose am Rand. Der Titel lautete: *Hommage an unseren Urlaub, an uns.*

Alles war auf den Bildern festgehalten: der Strand in der untergehenden Sonne, die Kerzen und die Blumen vor dem Spiegel, die Holzjalousien, die die Sonne golden durchließen, die Straßen von Rhodos, gepflastert mit bunten Steinen, die

Männer im Café, wir in unseren weißen Hosen, entspannt und glücklich vor den Segelbooten im Hafen, das Restaurantschild von Manolis. Dann in Deutschland: unser Landhaus, der sonnige Frühstückstisch vor der Haustür, die Holzstühle, die Fotoalben davor auf dem Boden liegend.

Vor allem aber Fotos von mir, aufgenommen aus ganz unterschiedlichen Winkeln: stehend oder liegend im Liegestuhl, meine Hand mit den rotlackierten Fingernägeln auf meinem Bauch, mein Lächeln. Und viele Nahaufnahmen: mein Gesicht halb im Schatten unter dem Hut, meine sinnlichen Lippen, die erhabenen Wangenknochen, die strukturierte Haut meiner Schulter. Die Bilder waren ein einziges Liebesgedicht. Noch nie war ich so schön abgelichtet worden, noch nie hatte jemand mich auf diese Art gesehen. Ich blätterte die Seiten durch, geriet zunehmend in Ektase, stieß laut *Aahs* und *Oohs* aus. Pascale schaute mich mit einem erstaunten Lächeln an.

Mehr noch als vorher spürte ich das Bedürfnis, die Gespräche mit Christoph trotz aller Entfernung fortzuführen. Ich schrieb ihm fast jeden Tag, alle drei oder vier Tage schickte ich die gesammelten Briefe ab. Wie in einem Tagebuch erzählte ich ihm, was ich erlebte, berichtete von meinem Verlangen nach ihm, von meinem Kummer des Getrenntseins, von den Anwandlungen der Mutlosigkeit, aber auch von den schönen Momenten im meinem Leben jenseits des Ozeans. Ich hatte den Eindruck, den engen Kontakt mit ihm wirklich halten zu können, den wir im Urlaub gehabt hatten, alles ansprechen zu können mit der Gewissheit, dass er mich verstand, dass er in Gedanken bei mir war und es teilte.

Auch er schrieb fast jeden Tag. Er erzählte mir, dass seine Kinder sich bei seiner Rückkehr auf ihn gestürzt hätten, lachend hätten sie sich zusammen auf dem Teppich herumgerollt. Er hoffe, dass sie nicht zu sehr unter seiner Abwesenheit gelitten hätten. Er beobachtete, dass die Kinder weitgehend im Hier und Jetzt lebten, dass sie schnell vergaßen. Er litt unter der Gefühlskälte seiner Frau, sie war distanziert, wollte nichts von ihm wissen. Später, als ein Freund zu Besuch kam, der beiden die Treue hielt, war sie etwas zugänglicher geworden und sie hatten ein wenig miteinander reden können.

Christoph schrieb mir, wie er sich Tag für Tag fühlte, dass er mich liebe und dass ich ihm schrecklich fehle, dass er mich brauche. Er sprach auch von Momenten der Traurigkeit. Er schilderte seine berufliche Situation, beschrieb die Entscheidungen, die er treffen musste, er dachte auch über die Möglichkeiten nach, sich an einer der Universitäten in Montreal als Hochschullehrer zu bewerben, um mit mir dort leben zu können, in Kanada.

Ich war gerührt, dass er das überhaupt erwog, aber für mich machte das keinen Sinn. Wenn einer von uns das Land wechseln müsste, dann wäre ich das und nicht Christoph, dies vor allem wegen seiner Kinder, sie brauchten ihren Vater und er sie. Außerdem glaubte ich nicht, dass es leicht sein würde, einen beruflichen Neustart in Québec zu schaffen.

Meine Situation dagegen war anders, meine Kinder waren inzwischen erwachsen. Anne-Marie hatte gerade geheiratet, ihr Ehemann würde sich von nun an um sie kümmern. Was meinen Beruf anging, so erfüllte er mich nicht wirklich. Die Rolle als pädagogische Beraterin gefiel mir nicht sonderlich, sie war ambivalent: ich konnte Unterrichtsmethoden und Lehrstrategien vorschlagen, wusste aber nicht, ob die Lehrerenden sie annahmen und anwendeten, ob ich wirklich nützlich war. Der administrative Teil meiner Arbeit stellte keine große Herausforderung für mich dar. Mich reizte die Perspektive, etwas Neues zu versuchen und in einem anderen Land zu leben, tätig zu sein. Vorher hatte ich Französisch unterrichtet und liebte es; vielleicht könnte ich das auch in

Deutschland machen. Bei dieser Vorstellung kam in mir so etwas wie Begeisterung auf.

Allerdings machte mir der Gedanke Angst, mich ohne berufliche Absicherung, ohne die Möglichkeit der Rückkehr auf das Neue einzulassen. Also dachte ich daran, mich von meiner Arbeit nur freistellen zu lassen, ohne zu kündigen, für sechs Monate vielleicht. Dafür musste Christoph aber zunächst die Situation mit seiner Frau klären. Ich lauerte auf einen Hinweis in seinen Briefen, ich fand keinen. Manchmal hatte ich die Befürchtung, dass er dabei war, sich mehr schlecht als recht wieder mit ihr zu arrangieren. Aber ich wischte diesen Gedanken immer wieder beiseite.

Ich dachte häufig an ihn, fühlte mich mit ihm eng verbunden, hatte den Eindruck, dasselbe zu empfinden wie er. Noch nie hatte ich so eine Klarheit und Gewissheit einem Mann gegenüber empfunden. Ich wollte bei ihm sein, mit ihm leben. Ich hatte keine zerstörerischen Zweifel daran, dass er nicht der richtige Mann war, außer einer gewissen Angst, mich zu sehr hinzugeben, mein Zentrum dabei zu verlieren.

Es war schrecklich, von ihm getrennt zu sein. Aber ich wollte nicht in Traurigkeit versinken. Ich wollte leben, ich wollte glücklich sein, und zwar hier und jetzt: ich wollte das genießen und ausschöpfen, was sich mir gerade anbot, zum Beispiel den außergewöhnlich schönen und heißen Sommer in Kanada, der ähnlich betörend war wie das, was ich in Deutschland erlebt hatte. Ich musste zwar arbeiten, hatte keinen Urlaub mehr, aber ich ging so oft ich konnte am späten Nachmittag ins Freibad, in der Nähe des St. Lorenz-Stroms. Es war zwar nicht das Meer, aber es war trotzdem gut im Wasser zu sein. Zu dieser späten Stunde waren nicht viele Leute dort. Ich fühlte die heiße Luft auf meiner Haut und genoss es zu schwimmen, genoss die Freiheit und die Bewegungen meines leicht gewordenen Körpers.

Ich hatte das Bedürfnis, seine Stimme zu hören. Ich konnte ihn nicht oft anrufen, es war sehr teuer. Eines Abends hielt ich es nicht mehr aus, ich rief ihn einfach an. Danach ging ich bei Einbruch der Dunkelheit am Fluss entlang, dort wo der Himmel weit ist über den Inseln im Strom. Ich fühlte mich im Einklang mit allem, vereinigt mit ihm. Vor Emotionen vibrierend fühlte ich etwas Magisches in der Luft. Ich sah die Boote auf dem St. Lorenz-Kanal lautlos gleiten, irreal, im Hintergrund die Wolkenkratzer von Montreal. Ein neues Kapitel begann, alles schien möglich zu sein.

An einem der darauffolgenden Wochenenden schlug Bernard vor, mit mir in den *Parc du Mont Orford* zu fahren, wir könnten dort picknicken, baden und ein Konzert der *Jeunesses Musicales* besuchen. Zu dem Zeitpunkt machten wir wenig gemeinsam, warum also nicht? Ich fuhr mit, aber ich konnte es nicht wirklich genießen. Ich spürte stärker als vorher die Schwierigkeiten in der Kommunikation mit ihm. Ich konnte nicht ich selbst sein, unsere Gespräche waren zu förmlich, zu oberflächlich, ohne emotionale Tiefe.

Nach diesem Tag hatte ich keine Lust mehr, mit ihm größere Sachen zu unternehmen. Ich verbrachte lieber Zeit mit Colette, ich konnte ihr so viel ich wollte von meiner Liebe erzählen. Einmal tauchte der Kummer, den ich verdrängte hatte, plötzlich wieder in mir auf. Ich fiel in eine Traurigkeit wie in einen tiefen See. Es tat mir weh, dass ich nicht bei ihm war. Ich weinte, schluchzte. Wie sollte ich seine Abwesenheit ertragen, wenn ich doch so sehr das Bedürfnis hatte, ihn zu berühren, ihn zu küssen und es nicht konnte? Colette hörte mir zu, sie verstand.

Mitte August hatte ich die Idee, ihm ein Geschenk zu seinem Geburtstag im September zu machen. Auf den Märkten in Kos hatte er Halsketten aus Silber angeschaut und keine gefunden, die ihm gefiel. Ich ging zu dem besten Juwelier der Stadt. Es gab nur zwei solcher Ketten für Herren.

Ich wählte diejenige aus, die ich am schönsten fand und schickte sie ihm sofort mit folgender Karte:

- Wenn du sie um deinen Hals spürst, möge sie dich an meine zärtliche Hand auf deiner Haut erinnern. Es ist eine Kette, weißt du? Damit du nie mehr dem Zauber entkommen kannst, den ich auf dich ausübe.

Nachdem ich die Kette abgeschickt hatte, erschreckte ich vor meinem Wagemut, ich kannte seinen Geschmack ja gar nicht wirklich. Ich hörte nicht auf, Colette zu fragen, ob sie glaubte, dass mein Geschenk ihm gefallen würde. Sie machte sich ein wenig lustig über mich, ich verhielt mich offenbar wie ein Teenager. Endlich rief er an, er freute sich sehr, die Kette hat er nie wieder abgelegt.

Ich musste unbedingt seine Sprache lernen, das erschien mir offensichtlich. Ich schrieb mich in Kurse am Goethe-Institut in Montreal ein, zweimal pro Woche anderthalb Stunden. Deutsch wurde auf diese Weise meine vierte Sprache: neben meiner Muttersprache konnte ich Englisch, und ich hatte Spanisch als Fremdsprache gelernt, als ich zwanzig war. Ich hatte es auf Reisen nach Kuba und Ecuador benutzt und gelegentlich bei meiner Arbeit mit Immigranten.

Es gefiel mir, fremde Laute und Worte zu entdecken und sie zu wiederholen, neue sprachliche Ausdrücke zu lernen, wie man sie meist in den ersten Lektionen erwirbt, wie man sich vorstellt, wie man etwas erfragt oder wie man die Verben „sein" und „haben" unterscheidet. All dies war eine Freude; die deutsche Sprache wurde für mich wie ein neues Spielzeug.

Christoph hatte die Möglichkeit erwähnt, mich Anfang September in Montreal besuchen zu kommen, aber er sagte überraschend ab. Enttäuscht richtete ich mich darauf ein, ihn nicht vor Ablauf einiger Monate wiederzusehen. Mitte September fuhr er nach Österreich mit seiner Familie, ein seit langem geplanter Urlaub: seine Frau nahm an einem Ärztekongress teil, er selbst kümmerte sich um die Kinder.

Dann teilte er mir plötzlich mit, er werde doch Mitte Oktober kommen, für 10 Tage. Ich fand zu meiner früheren Energie zurück, begann angeregt zu planen, was wir zusammen unternehmen könnten. Colette bot mir erneut ihre Wohnung an, sie würde währenddessen bei mir wohnen. Ich nahm dies mit Begeisterung an. Bernard und die Kinder waren einverstanden.

Eigentlich konnte ich seiner Liebe sicher sein, er hatte sie mir in seinen Briefen tausendfach erklärt. Als ich zum Flughafen fuhr, fragte ich mich dennoch, wie es wohl sein würde, ihn wiederzusehen, ob die Anziehungskraft noch da sei. Bei seiner Ankunft nahm er mich in die Arme, küsste mich ungestüm, seine Hand bereits auf meinem Busen. Ich entzog mich ihm, die Leute konnten uns ja sehen, aber ich war zugleich entzückt. Alle Sorge war verflogen.

In der Wohnung von Colette fanden wir das einladende Zimmer wieder vor, den Blumenstrauß auf dem Nachttisch, die gehäkelten Gardinen vor den Fenstern, durch die man die goldenen Blätter des Herbstes sah. Endlich konnten wir uns frei berühren, uns küssen, uns hinlegen, ineinander verschmelzen. Ich hatte keinen Grund, Angst zu haben, die Anziehungskraft war immer noch da. Nachdem wir uns geliebt hatten, schlief er ein. Für mich war es noch relativ früh, ich blieb neben ihm liegen, beruhigt, glücklich, eins mit mir.

Den ersten Tag hatte ich mir freigenommen. Wir organisierten unser Leben zusammen, machten Einkäufe, kauften Wein. Er half mir, das Essen vorzubereiten, er deckte sorgfältig den Tisch, stellte eine Blume in die Mitte, Kerzen, legte Kissen auf die Holzstühle. In der geschmackvoll eingerichteten Wohnung stellte er einige Lampen um, er achtete wie ich auf die Wirkung von Beleuchtung.

Nach dem Essen blieben wir sitzen und redeten, händchenhaltend, und ganz natürlich fanden wir uns im Bett wieder. Ich wurde nicht satt, mich an seinen Körper zu kuscheln, sein Streicheln zu genießen. Im Schmerz seiner Abwesenheit war ich angespannt und steif geworden. Das wurde mir schlagartig klar, als ich wieder anfing, geschmeidiger zu werden, dank seiner Liebe und seiner Präsenz.

Wir fuhren zum *Mont Saint-Hilaire*, machten lange Spaziergänge im Wald. Ihm gefiel der See in seiner Ruhe, umgeben von den Farben des Herbstes, der Ausblick vom Berggipfel aus. Er fotografierte dieses Mal viel Landschaft, mich aber deutlich weniger. Erst sehr viel später gestand er mir, dass ich ihm in meiner Herbstkleidung mit Hosen und Schaftstiefeln sowie den kurzen Haaren, die ich inzwischen hatte, nicht ganz so gut gefiel, dass ich für ihn irgendwie zu „maskulin" aussah.

Wir besichtigten die Obstplantagen am Berghang und pflückten Äpfel. Eines Abends nahm ich ihn mit zu meinen Eltern, ich wollte, dass sie ihn endlich kennenlernten. Sie empfingen ihn freundlich, ich glaube, er zog sie in seinen Bann mit seiner Art, Französisch zu sprechen, ein kleines bisschen ungeschickt und mit einem Akzent, den man niedlich finden musste.

An Tagen, an denen ich im Büro arbeitete, traf Christoph sich mit Kollegen von der Universität und recherchierte in den Bibliotheken. Als Wissenschaftler war es ihm nie langweilig, er hatte immer etwas zu tun, vieles war beruflich interessant für ihn, Kanada und die Zweisprachigkeit vieler Menschen sowieso. Ich ging wie immer zu meinem Deutschkurs, montags und mittwochs. Drei Tage vor seiner Abreise fand ein wissenschaftlicher Kongress über das Unterrichten von Sprachen in der Stadt Québec im berühmten *Château Frontenac* statt. Es war geplant, dass ich daran teilnehme. Er hatte mich gebeten, ihm eine Einladung zu schicken, damit er die Tagung in seine Dienstreise integrieren konnte. Wir fuhren gemeinsam hin und bezogen unser Zimmer in diesem großartigen altmodischen Hotel, das gar nicht alt war, sondern nur auf alt erbaut. Ich hatte dort noch nie übernachtet, hatte das Gefühl, uns zu verwöhnen. Während des Kongresses nahmen wir nicht immer an denselben Vorträgen teil, trafen uns oft erst abends wieder. Am Samstag besichtigten wir dann zusammen die Altstadt von Québec. Auf der Rückfahrt nach Montreal sagte er mir, wie sehr er sich mir verbunden fühle, und ich spürte, wie ehrlich er es meinte, ich konnte nicht daran zweifeln.

Wieder mussten wir uns trennen. Sein Aufenthalt war mir kurz vorgekommen. Dennoch hatte seine Präsenz gewirkt; sie hatte mich zwar wieder verletzlicher, aber auch weicher gemacht, ich mochte diese Sanftheit in mir. Wegen ihr fühlte ich mich meinen Kindern und Bernard näher, als ich nach Hause kam, und ich merkte, dass sie froh waren, mich nach 10 Tagen wieder zu haben. Colette hatte mir den Hinweis gegeben, dass ich die Kinder vielleicht zu sehr als Erwachsene betrachten würde und dass sie ihrer Meinung nach meine Anwesenheit stärker bräuchten. Also wollte ich auf diese Einsicht spontan eingehen. Ich kochte ein leckeres Essen; wir genossen es als Familie gemeinsam. Bernard half in der Küche, er war nicht frustriert, wie ich es befürchtet hatte.

Ich nahm mein gewohntes Leben abermals wieder auf. Drei Tage später erhielt ich einen Umschlag der Kanadischen Post, mit einem Entschuldigungsbrief: *Diese Sendung ist in einem leer aussehenden Postsack liegengeblieben, die verzögerte Auslieferung tut uns leid.*

Es war ein Brief von Christoph, datiert von August. Er berichtete mir darin von einem Gespräch mit Lisa, in dem sie über ihre Situation gesprochen hatten. Sie wollte sofort die Scheidung einreichen, die Kinder mitnehmen und sich einen anderen Mann suchen. Er jedoch bat darum noch zu warten, nichts zu überstürzen, auch wenn sein erster Reflex war, ihren Wunsch zu akzeptieren. Er wollte sich Rat holen, die Konsequenzen abschätzen, er hing genauso an den Kindern wie sie. Das war genau der Brief, auf den ich so lange gewartet, ja erhofft hatte. Ich war völlig überrascht und platt: solche Zufälle kommen doch nur in Romanen vor! Endlich wusste ich, dass die beiden offen über unsere Beziehung gesprochen hatten, es war nichts entschieden, aber Lisa hatte Position bezogen, die Dinge waren in Bewegung. Ich hätte nicht gedacht, dass er schon so weit war. Warum hatte er mir davon nichts gesagt? Er dachte wohl, ich wüsste durch den Brief Bescheid, und seitdem war nichts Konkretes weiter geschehen.

Schluss mit symbiotisch

Nach Christophs Abreise brauchte ich mehrere Tage und etliche Gespräche mit meinen Freundinnen, um mir einzugestehen, dass ich ambivalente Gefühle hatte und nicht so erfüllt war, wie ich es gehofft hatte. Ich hatte wahrscheinlich zu große Erwartungen gehabt. Christophs Besuch bei mir, in meiner Stadt, war anders gewesen als der Urlaub. Ich hatte mich nicht fallengelassen, ich war stattdessen voll verantwortungs-bewusst, *ich* war es gewesen, die die Dinge organisiert hatte und sich zum Erfolg verpflichtet fühlte. Nach und nach wurde mir klar, was geschehen war.

Ich verstand, wie ängstlich ich gewesen war. Ich hatte den Urlaub wiederholen wollen und hatte nicht respektiert, was ich wirklich fühlte. Als er ankam, wusste ich nicht mehr, ob ich ihn liebte, ich spürte es nicht mehr in mir in derselben Weise. Aber ich wollte ihn unbedingt lieben, hatte aber zugleich Angst, meine Liebe zu ihm zu verlieren.

Die Liebe, die man sich wünscht, macht einen blind für die, die man tatsächlich hat, hatte ich geschrieben. Das hatte mich daran gehindert, besser auf mich und auch auf ihn zu achten, zum Glück nicht die ganze Zeit über. Es hatte auch Momente der Erfüllung gegeben, mehrere Male hatte die körperliche Liebe es mir ermöglicht, mich darin wiederzufinden und seelisch ganz bei mir zu sein.

Ich hatte mich zurückgehalten und nicht gewagt, über seine Situation mit Lisa zu sprechen, wenn ich auch oft daran dachte. Ich wollte keinerlei Druck ausüben. Auf diese Weise hatte ich die ganze Last meiner Unsicherheit und meiner Sorgen alleine in mir zu tragen.

Ich verstand auch, dass ich mich und meine vielfältigen, herumschwirrenden Gedanken in dieser Zeit unseres Zusammenseins nicht genügend zum Ausdruck gebracht hatte. Ich war auf ihn zentriert gewesen, wieder einmal getragen von seiner Begeisterung, ich hatte viel zugehört, war manchmal fast verstummt. Ich hatte meinen Platz nicht voll eingenommen, vielleicht war das auch schwerer neben seiner aus sich herausgehenden, kommunikativen Strickart. Ich versuchte, diesen Widerspruch zu meinem sonstigen Verhalten in einem Brief zu beschreiben, den ich jedoch niemals abschickte. Das war mir bereits früher passiert, wenn ich verliebt war: ich war dann so gefesselt von meinem Gegenüber, dass ich verbal passiv wurde und meinen eigenen Platz nicht voll einnahm, mich dabei selbst reduzierte. Dies war also keineswegs sein Fehler, ich konnte und wollte ihn dafür nicht verantwortlich machen. Deshalb hatte ich den Brief zurückgehalten.

Ich nahm mir vor, in Zukunft mehr zu reden und von mir zu erzählen - eine Aufgabe, an der ich mich noch Jahre danach abarbeiten sollte. In seiner begeisternden Art, voll der positiven Energie, war Christoph überzeugend und tendierte dazu anzunehmen, dass ich zeitgleich dasselbe wollte und fühlte wie er. Es war nicht leicht, mich dagegen zu wehren.

Ich wusste durch meine bisherige Erfahrung mit ihm aber auch, wie fähig er war, mir gegenüber aufmerksam zu sein und mir intensiv zuzuhören. Wenn es einen Mann gab, bei dem ich lernen könnte, zu mir zu stehen und mein Inneres nach außen zu bringen, dann war er es. Er hatte es mir mehrfach bewiesen. Einmal, während seines Aufenthalts hier in Montreal, war ihm aufgefallen, dass ich mich überanstrengte. Er hatte mich dafür weder kritisiert noch zurückgestoßen. Seine Haltung war so liebevoll, so verständnisvoll, sie hatte es mir ermöglicht, dies selbst zu bemerken, einen Gang herunterzuschalten und wieder ich selber zu werden.

Er war seinen Gefühlen ohne Zweifel näher als ich. Er schrieb mir, dass er sich erst am Vorabend seiner Abreise, also nach dem Kongress in Québec und unserem langen Gespräch auf der Rückfahrt im Auto so im Einklang mit mir gefühlt habe wie im Urlaub. Damals hatte er vor Kummer über die bevorstehende Abreise geweint. Ich war voller Bewunderung, dass ihm so bewusst war, was er fühlte, dass er so fähig war, dies auszudrücken. Ich hatte das noch nie bei einem Mann erlebt.

Mir wurde bald darauf klar, dass ich die intensiven Liebesgefühle, die ich nach unserem Urlaub durch ständiges an ihn Denken so gerne aufrechterhalten wollte, auf längere Sicht nicht ertragen konnte. Diese fortgesetzte Euphorie hatte seine Abwesenheit noch unerträglicher gemacht. Ich fand es jetzt zunehmend schwierig, die Verbindung mit ihm bei so großer Entfernung aufrechtzuerhalten.

Die Realität hatte mich eingeholt. Ich war nicht mehr in einem symbiotischen Zustand. Ich musste meine Liebe anders handhaben, musste lernen, sie sozusagen hintenan zu stellen, ohne Angst zu haben, sie zu verlieren. Colette half mir zu verstehen, dass diese Angst jener Reaktion ähnelte, die mich oft in Krisensituationen befiel, wenn ich innerlich erstarrte und nichts mehr fühlte. Ich musste es also geschehen lassen, musste ruhiger werden, mich erneut auf mich besinnen.

Christoph muss etwas Ähnliches durchlebt haben. Er schrieb mir, dass er sich mir weniger nah fühlte, sich aber zugleich durch die Liebe nicht mehr gelähmt sah, er war wieder mehr in Bewegung, was immer das hieß.

Ich fand erneut Interesse an meinem Berufsleben: ich stürzte mich in das Forschungsprojekt für meine Masterarbeit, nahm an Fortbildungen teil. Ich konzentrierte mich auf mein eigenes tagtägliches Leben, genoss den Kontakt zu meinen Kindern, zu meiner Schwester. Ich schätzte meinen Alltag, sah erneut dessen Schönheit.

Meine Einstellung gegenüber der Möglichkeit, nach Deutschland zu ziehen und dort zu leben, änderte sich ebenfalls. Während des Sommers hatte ich ihm vorgeschlagen, unbezahlten Urlaub zu nehmen und ihn zu besuchen. Damals lebte ich in der Angst, dass Christoph sich nicht von seiner Frau würde befreien können, ich war ungeduldig. In unseren Briefen kamen wir auf diese Möglichkeit zurück, wir fragten uns, wann sich ein solches Probeleben realisieren ließ.

Jetzt begann ich, konkreter darüber nachzudenken, was es bedeuten würde, aus Kanada wegzuziehen und bei ihm zu leben. In mir kamen Ängste hoch, die ich ihm in Briefen schilderte: Angst vor Anpassungsschwierigkeiten in seinem Land, aber auch ihm selbst gegenüber, Angst davor, dass er nicht genug Zeit für mich haben könnte. Ich wusste genau, dass ihn sein Beruf ebenso wie sein Familienleben ziemlich in Anspruch nahm. Ich selbst dagegen hätte dann keine vergleichbaren sozialen Kontakte und Einbettungen, wir wären in sehr unterschiedlichen Situationen. Ich hatte Angst, dass unsere Beziehung nicht alles würde kompensieren können, was ich hier in Kanada hatte und was mir dort entsprechend fehlen würde - meine Familie, meine Freunde, meine Arbeit, mein kulturelles Umfeld. Würde ich es schaffen, unter solchen Umständen in diesem fremden Land zu leben? Mir wurden die Hindernisse, die es zu überwinden galt, bewusster denn je. Einmal schrieb ich folgende Frage in mein Tagebuch:

Würde die harte Realität nicht Oberhand gewinnen über diese zerbrechliche Liebe, die so viel Gewohntes durcheinanderbringt?

Dies waren einige meiner Besorgnisse, ich musste mich mit ihnen auseinandersetzen und sie möglichst ausräumen oder besiegen. Ich dachte viel darüber nach und merkte, wie sehr mein Selbstvertrauen langsam verschwanden war. Um es wiederzuerlangen, musste ich auf mehr Distanz zu Christoph und unserem „Projekt" gehen. Da er nicht da war, konnte ich mich erneut auf mich selbst konzentrieren, meine Stärken und meinen Selbstwert wiederentdecken. Ich fand zu meiner alten Sicherheit zurück. Am 11. November schrieb ich erneut in mein Tagebuch:

Heute Abend fühle ich mich gut, ruhig, ganz bei mir selbst. Ich fühle, dass ich gewachsen bin. Ich habe auf einmal keine Angst mehr. Ich habe das Gefühl von Klarheit, selbst wenn ich nicht alle Antworten kenne. Ich habe das Bedürfnis, mir Zeit für Klärungen zu nehmen, sie zu finden, gemäß meinem eigenen Rhythmus, in mir.

Meine Liebe zu Christoph, mein Wunsch, mit ihm zu leben, ich lege ihn dort vor mich hin, ich trete einen Schritt zurück, ich gehe auf Distanz, ich betrachte das „Projekt" von allen Seiten. Es gibt viele Dinge zu bedenken. Zum ersten Mal erlaube ich mir, meine Absicht auch in Frage zu stellen, anstatt mich auf ängstliche Weise daran zu klammern. Ich akzeptiere, dass es vielleicht nicht klappen wird, ich könnte tatsächlich ebenso beschließen, hier zu bleiben und nicht wegzugehen.

Das stärkt mich in meiner Selbstwahrnehmung, ich höre auf zu glauben, ich sei nichts ohne ihn; tatsächlich gilt: ich bin ich, ich habe meinen eigenen Weg und Wert, meine Qualitäten, meine Fehler, mein Potential.

Diese Erkenntnis stellte eine große Wende in meiner Beziehung zu Christoph dar. Eine der Fallen der Liebe besteht darin zu denken, dass man nur durch die Liebe des anderen etwas Besonderes, etwas Wertvolles ist. Zwei Jahre zuvor hatte meine Tochter Liebeskummer gehabt. Als ich ihr zuhörte, wurde mir ganz klar, dass das, was sie am meisten schmerzte, das Gefühl war, ohne ihn nichts zu sein. Ähnliches hatte auch ich erlebt, als ich das erste Mal mit einem Freund Schluss gemacht hatte.

Diese neue Einsicht befreite mich zugleich von dem Druck, den ich mir selbst auferlegt hatte. Das gab mir den Raum, den ich brauchte, um zu den vielen Gründen zurückzufinden, aus denen ich das Experiment des gemeinsamen Lebens eigentlich mit ihm wagen wollte. Ich entdeckte auf eine andere Art und Weise all das wieder, was uns verband.

Ich betrachtete meine Sorgen und Ängste neu, jetzt aus einiger Entfernung, und dachte unbekümmerter darüber nach, wie ich sie in seinem Land einigermaßen vernünftig handhaben könnte, wie ich mir z.B. eine Beschäftigung verschaffen könnte, wie ich Kurse belegen oder wie ich nach Freundinnen suchen könnte, die Englisch oder gar Französisch sprechen.

Indem ich all das in meinem Herzen und in meinem Kopf bewegte, fasste ich neuen Mut, fühlte mich nicht mehr so ohnmächtig wie zwischenzeitlich. Ich zweifelte plötzlich nicht mehr daran, dass ich es schaffen würde. Ich konzentrierte mich weiterhin auf das Deutschlernen am Goethe-Institut, was mir viel Freude bereitete. Die Sprachkurse stimulierten mich, mir fiel das Lernen leicht, was mir weiteres Selbstvertrauen gab. Ich fand neu Gefallen an der Idee, anderswo zu leben, etwas anderes zu „er"leben als den mir allzu bekannten Alltag in meinem Land, das ich nie länger verlassen hatte. Ich entdeckte, dass mehrere Personen, die ich von der Arbeit kannte, ihrerseits auch Deutsch gelernt hatten. Denen, die Deutschland besucht hatten, hatte ihr Aufenthalt dort sehr gefallen; sie hatten die Menschen als warmherzig und offen erlebt.

Ich hatte allerdings weiterhin das Bedürfnis, mich seiner Liebe zu vergewissern. In seinen Briefen, schön wie Gedichte, sagte er mir immer wieder, dass er mich liebe, mich begehre. Er wusste, wären wir zusammen, würde ich ihm die Wärme und den Trost geben, die er brauchte. Er schrieb regelmäßig an mich; selbst als er eine akute Mandelentzündung hatte, schrieb er mir trotz des Fiebers, damit ich nicht ohne Nachricht von ihm blieb, und entschuldigte sich für seine zittrige Schrift.

Er schrieb von seinem Leben, seinem Alltag, seinen Gedanken. Seine Arbeit beanspruchte ihn, es tat ihm leid, dass er sich nicht immer ausreichend auf seine Lehrveranstaltungen vorbereiten konnte. Es fehle ihm manchmal der tiefe Friede, schrieb er. Seine Frau war für zwei Wochen verreist, er hatte sich um die Kinder gekümmert, hatte mit ihnen auf dem Markt eingekauft und im Reformhaus, wo er Vollkornreis und Tofu kaufte, was er überhaupt erst durch mich kennengelernt hatte und was er sogleich sehr mochte. Er hatte für seine Kinder sogar Blaubeer-Pfannkuchen zubereitet, in Erinnerung an diejenigen, die ich für ihn zu Ostern in Montreal gemacht hatte.

Er schrieb mir auch über die von ihm unternommenen Schritte in Richtung Trennung und gab mir damit kostbare Hinweise auf seine Entwicklung. Er hatte begonnen, seine Trauer über den Verlust von Lisa näher zu ergründen, genau aufzuschreiben, was er an ihr schätzte. Auch war ihm sein eigener Widerstand gegen alle Formen grundlegender Veränderung in seinem Leben bewusst: *Ich muss diesen Prozess aber Schritt für Schritt durchlaufen, es ist schwierig für mich, ich weiß aber, dass das Warten auch für dich schwierig ist, sei geduldig, bleib bei mir, bitte.*

Ich meinerseits wagte nach und nach, ihm differenzierter von meinen jeweiligen Ängsten zu erzählen, ebenso wie von den Augenblicken des Mutes und der Hoffnung und von meinem neu bestärkten Wunsch, mit ihm so schnell wie möglich zusammenzuleben. Gleichzeitig schrieb ich, dass er sich alle Zeit lassen sollte, die er brauchte. Er bemerkte die Widersprüche in meinen Aussagen und spießte sie in einem Brief liebevoll, aber genau auf. Er hatte Recht: ich sprach von Zeit nehmen und meinte Eile, ich predigte Gelassenheit und wollte nunmehr doch endlich voranschreiten. Dennoch war uns beiden gleichermaßen bewusst, dass wir erst dann ganz zusammen sein konnten, wenn er die Trennung von seiner Frau vollzogen und sie im Inneren überwunden haben würde.

Kaum hatte ich meine Zeit der Ängste ein wenig hinter mir gelassen, schrieb ich, dass ich uns noch eine weitere Chance geben würde, was ihn ziemlich irritierte. Brauchten wir eine weitere Chance? Er schien die Höhen und Tiefen, jene inneren Spannungen, die ich durch unsere Beziehung durchlebte und empfand, nicht wirklich zu kennen. Im Gegensatz zu mir blieb er scheinbar ruhig, kontinuierlich in seiner Liebe für mich.

Von Zeit zu Zeit telefonierten wir. Seine warme Stimme nahm mich immer wieder für ihn ein. Er konnte mich beeinflussen, mich beruhigen, ich fühlte mich verstanden, rundum geliebt, begehrt. Ich behielt die Erinnerung an solche Gespräche tagelang in mir. Einmal, nachdem wir wieder telefoniert hatten, fühlte ich mich sinnlich erregt. Ich legte eine Platte auf von Stan Getz und Gilberto, die er mir geschenkt hatte, tanzte lustvoll durch die Räume und landete am Ende auf dem Bett, in lebendiger Erinnerung an seine Umarmungen, bei denen wir am Schluss oft, eng aneinander gekuschelt, eingeschlafen waren.

Ich wagte nicht, mit ihm über Weihnachten zu sprechen, ich war nicht sicher, ob er wollte, dass ich ihn besuchen käme. Ich wusste nicht, dass er durch seine Arbeit derart okkupiert war, dass er darüber ganz vergessen hatte, dieses Fest mit mir zu planen. Als er endlich von sich aus fragte, ob ich kommen würde, war es fast zu spät für die Flugtickets. Es gab nur noch einen einzigen Platz, und zwar für den 27. Dezember. Ich buchte den Flug sofort und ließ mich zusätzlich auf die Warteliste für den 24. setzen.

Er schrieb mir, dass seine Frau mich kennenlernen wolle. Er hatte seinen Kindern auch schon von mir erzählt, sie wollten mich ebenfalls sehen. Er hatte sich inzwischen sogar schon auf Wohnungssuche begeben.

Ich bereitete mich darauf vor, ihn nach Wochen wiederzusehen. Ich konnte es kaum erwarten, in seinen Armen zu liegen. Zugleich fragte ich mich, wie es wohl dieses Mal sein würde. Ich fühlte eine Mischung aus Sorge und Vorfreude. Ich hoffte, dass der alte Zauber wieder da sein würde und dass ich dieses Mal meine eigenen Gefühle besser ausdrücken könnte.

Mit offenen Armen

Schließlich bekam ich doch einen Platz im Flugzeug für den 24. Dezember, für die Weihnachtsnacht oder genauer, für den Heiligen Abend, für die Heilige Nacht. Colette brachte mich zum Flughafen. Am Schalter sprach sie mit dem Angestellten:

- Könnten Sie sie nicht in die Business Class setzen? Ich weiß, dass Sie das immer machen, weil es sowieso durch Überbuchung keine ausreichenden Plätze in der Economy Class gibt. Warum nicht sie? Seien Sie doch so nett, es ist Weihnachten!

Ihre Frechheit hatte Erfolg. Ich flog in der Business Class über den Atlantik, genoss den Komfort der Sitze, den Champagner und das feine Essen, es gab mir das Gefühl, mit dem Feiern schon begonnen zu haben.

In Amsterdam stieg ich in den Zug nach Osnabrück. Dreieinhalb Stunden Fahrt, währenddessen ich auf dem Sitz zusammengerollt ein wenig zu schlafen versuchte, ich war allein im Abteil. Die Müdigkeit hatte mich eingeholt, zugleich war ich aufgeregt.

Am Bahnhof empfing mich Christoph mit offenen Armen. Er sagte mir sofort, dass seine Frau uns zu sich eingeladen hätte, er fragte mich, ob ich eher heute (also am 1. Weihnachtsfeiertag) oder aber morgen (am 2. Weihnachtsfeiertag) hingehen wollte. Ich schaute ihn ungläubig an. Er hatte zwar von dieser Möglichkeit im Brief gesprochen, hatte sie erwähnt, ich aber war nicht wirklich darauf vorbereitet, dass alles so schnell gehen würde. Ich konnte mir nicht vorstellen, sie und ihre gemeinsamen Kinder in diesem Zustand der Müdigkeit zu treffen. Wir verschoben es also auf den nächsten Tag.

Christoph brachte mich in eine Wohnung, die er von einem Kollegen für die Dauer meines Aufenthalts gemietet hatte. Er hatte geräucherten Lachs, Baguette und *Crément* eingekauft, den er mit Stil servierte.

Am nächsten Tag fuhren wir zu seiner Familie. Lisa, seine Frau, war nicht sehr groß, ein wenig pummelig, acht Jahre jünger als ich. Sie stellte mich den Kindern vor, die noch sehr jung waren. Ich fühlte mich unwohl. Der Gedanke war mir unangenehm, so kleine Kinder von ihrem Vater zu trennen. Wegen ihnen hatte ich ihm zwei Jahre zuvor geraten, er solle zu seiner Frau zurückkehren.

Aber seitdem hatte es unser Wiedersehen in Montreal gegeben, eine neue Bindung war entstanden, sie hatte sich über die letzten Monate intensiviert. Ich konnte nicht so tun, als würde das nicht existieren. Ich hatte mir zurechtgelegt: wenn die Eltern sich nicht verstehen, ist das für die Kinder auch nicht gut. Eine klare Situation, ohne sich zu streiten oder ohne den Kindern etwas vorzuspielen, wäre wahrscheinlich besser für alle.

Ich konnte nicht gut genug Deutsch, wir kommunizierten auf Englisch. Lisa beherrschte es nicht genauso gut wie ihr Mann, aber sie kam zurecht. Sie schaffte es, mir sehr direkt zu sagen, dass sie mich eingeladen hatte, weil sie nicht wollte, dass sich die Kinder zwischen ihren Eltern hin- und hergerissen fühlten. Sie wollte möglichst einen normalen Umgang unter uns anstreben. Ich dachte, sie muss schwierige Situationen durch ihre Arbeit bei der Pro Familia erlebt haben, bei einer Organisation, die sich um Schwangerschaften, um Schwangerschaftsabbrüche und um Frauen in der Krise kümmerte. Sie war Ärztin, hatte aber zu jenem Zeitpunkt keine eigene Praxis, sie war ehrenamtlich als ärztliche Beraterin tätig.

Ein wenig später gestand sie mir offen, dass wenn ich nicht gewesen wäre, sie sich nicht trennen würden. Ich sagte nichts dazu. Ich verstand, dass sie mir sagen wollte, dass sie selbst trotz aller Schwierigkeiten in der Beziehung als Paar zumindest der Kinder wegen an der gemeinsamen Ehe festgehalten hätte.

Das Wetter war trotz Winter sehr milde, es regnete die ganze Zeit. Meine gefütterten Stiefel und mein Wintermantel, die ich mir für klare Winterverhältnisse mitgebracht hatte, wie ich sie aus Kanada kannte, waren mir zu warm. Wir machten keine großen Spaziergänge. Aber das schlechte Wetter war nicht wichtig. Es gab immer noch diesen Zauber in unserem Zusammensein, ich genoss den Hafen seiner Nähe, seines Körpers, die Zuflucht des weichen Bettes, die nie versiegende Lust, sich zu küssen, sich zu umarmen. Er schien eine Eigenschaft zu haben, die bei Männern selten ist, jedenfalls bei denen, die ich kennengelernt hatte: er liebte es, mich zu berühren, nahm ständig meine Hand, ging nicht an mir vorbei, ohne mich zu umfassen oder mir eine zärtliche Geste zu zeigen.

Christoph kannte die Nachbarin der Wohnung, in der wir uns eingerichtet hatten. Monica lud uns eines Nachmittags zum Kaffee ein. Sie interessierte sich für Astrologie, schlug vor, Christophs und meine Astrokarten zu vergleichen. Ich hatte mich Jahre zuvor mit Astrologie beschäftigt, um mein eigenes Schicksal und das schwierige meiner Tochter zu verstehen, die unter Epilepsie litt. Ich hatte einen Astrologen konsultiert, den man mir empfohlen hatte. Ich glaube, die Karte meiner Tochter war eine Herausforderung für ihn gewesen, er schien ratlos zu sein und hatte sich in Erklärungen versucht, die ich nicht wirklich nachvollziehen konnte. Ich hatte jedoch zwei Dinge behalten: erstens, dass die Planeten nicht die Realität verursachen, sie reflektieren diese nur auf eigene Art. Wegen der kosmischen Einheit unterscheidet sich das, was im Universum passiert, nicht von dem, was in unserem Leben passiert.

Zweitens ändert sich die Realität ständig. Die Planeten drehen sich, nehmen neue Positionen ein. In unserem Leben entwickeln sich die Dinge auch permanent weiter, nichts ist fest. Das hatte mir die Hoffnung gegeben, dass sich für meine

Tochter die Dinge auch weiterentwickeln und damit verbessern könnten.

Monica zeigte uns, dass beim Übereinanderlegen unserer Astro-Karten zwei Phänomene ersichtlich wurden: einerseits unsere sehr unterschiedlichen Sonnenzeichen, er Jungfrau, ich Wassermann, andererseits unser gemeinsamer Aszendent, Schütze. Ich hatte zusätzlich Venus in meinem Aszendenten.

Diese Erklärung gab mir eine grobe Vorstellung von unserer Beziehung, die mich befriedigte. Sie zeigte die Unterschiede zwischen uns auf: er, ein Erdzeichen, detailorientiert, gewissenhaft; ich, ein Luftzeichen, mit der Tendenz zu einer globalen Sicht auf die Dinge bei gleichzeitiger Vernachlässigung von Details. Ich traf Entscheidungen schnell, er brauchte lange, um alle Möglichkeiten abzuwägen. Für mich waren viele der Meinungsverschiedenheiten, die wir manchmal hatten, unter anderem auf diese Unterschiede zurückzuführen. Unser gemeinsamer Aszendent dagegen, ein Feuerzeichen, besonders sein Aszendent auf meinem Planeten Venus, Planet der Liebe und der Schönheit, reflektierte das, was wir gemeinsam hatten; es erklärte meiner Meinung nach, warum wir oft dasselbe auf dieselbe Art fühlten, und es belegte unsere große Anziehungskraft.

Wir hatten noch einige Tage vor uns. Christoph wollte mich seinen Eltern vorstellen, die in Hamburg lebten, mehr als 200 Kilometer entfernt. Er rief sie an. Er hatte ihnen bereits von mir erzählt. Er fragte sie, ob sie einverstanden wären, mich zu treffen. Es war für sie eine schwierige Situation, sie kannten Lisa gut, sie hatte während ihrer Studienzeit bei ihnen gewohnt, sie mochten sie gern. Christoph wollte sie nicht bedrängen, er bat sie, darüber nachzudenken. Ich war beeindruckt von dem Respekt, den er ihnen gegenüber zeigte. Es erleichterte mich sehr, dass er mich ihnen nicht aufzwingen wollte. Sie riefen zurück, sagten, sie seien jetzt bereit. Wir fuhren mit dem Auto hin, sie empfingen uns warmherzig in ihrem kleinen Haus voll altmodischer Möbel. Sie, eine kleine Frau mit rundem, von Güte geprägtem Gesicht, er, ein älterer ernster Mann, dessen Gesicht sich aufhellte, wenn er lächelte. Wir kommunizierten mehr schlecht als recht auf Deutsch und auf Englisch, aßen das traditionelle deutsche Abendessen mit Brot und Käse und schliefen in einem Etagenklappbett aus Metall, in dem Christoph mit seinem älteren Bruder als Jugendlicher groß geworden war. Ich fühlte mich akzeptiert.

Als ich wieder nach Kanada zurückfuhr, hatte ich das Gefühl, dass er sich Mühe gegeben hatte, mir sein Leben zu zeigen, dass er Platz für mich gemacht hatte und wirklich wollte, dass wir zusammenlebten.

Wink des Schicksals

Ich kehrte aus den Weihnachtsferien zurück, umhüllt von jenem tröstlichen Gefühl, das er mir gegeben hatte. In den ersten Tagen hatte ich den Eindruck noch zu schweben, so als würde ich langsam mit dem Fallschirm landen. Ich merkte, dass Bernard und Colette mich distanziert fanden, aber ich konnte nichts dafür, ich hätte ihnen gerne Folgendes gesagt:

- Bedaure, ich bin noch nicht ganz da, ich bin noch bei meinem Liebsten, ich fühle mich gut in seinen Armen. Tut mir leid. Wenn ich wieder hier angekommen bin, sage ich euch Bescheid.

Ich fuhr zum Skilanglauf nach Chambly, 30 km außerhalb von Montreal, es war schönes Winterwetter, nicht zu kalt, ich genoss die verschneite Landschaft, den blauen Himmel, die strahlende Sonne. Ich fühlte ihn bei mir.

Ich schrieb ihm, dass wir nun beide in derselben Situation seien, dass wir sehr gern zusammen leben wollten, aber dass wir noch nicht in der Lage waren, die notwendigen Schritte zu unternehmen. Ich kam schließlich in meine Wirklichkeit zurück, rechtzeitig zum bevorstehenden Weggang meines Sohnes. Jean-François war jetzt 19 Jahre alt und träumte seit Jahren davon, die Welt zu bereisen, nichts anderes interessierte ihn. Er hatte sich ein Semester lang am College (*CEGEP*) versucht, hatte aber aufgegeben. Tatsächlich wusste er nicht, in welchem Bereich er weiterstudieren wollte. Ich hatte ihn darin bestärkt zu machen, was er wirklich wollte, es tatsächlich auszuprobieren; ich dachte, eines Tages würde er vielleicht zurückkommen und wissen, was das Richtige sei für ihn im Leben. Er hatte beschlossen, zunächst mit zwei Freunden und seiner Freundin Susie nach Florida zu fahren.

Ich half ihm bei den Vorbereitungen, ich ging mit ihm einkaufen, kaufte ihm Kleidung. Seine Freunde und er wollten Arbeit in der Gastronomie suchen, er freute sich darauf, er hatte Lust dazu, er war sicher, alles würde gut werden und gelingen. Ich hatte ein wenig Angst, aber ich wollte ihm vertrauen. Er wartete meinen Geburtstag ab, den wir gemeinsam feierten. Am darauffolgenden Tag fuhr er los.

Zu dieser Zeit hatte ich ein Gespräch mit Bernard. Ich sagte ihm, dass ich vorhätte, mit Christoph zu leben. Er schien ziemlich frustriert. Er hatte sich seinerseits Mühe gegeben sich zu ändern, hatte aufgehört zu rauchen, er hatte seit Mitte Dezember nicht mehr getrunken. Dachte er, er könne mich halten? Ich hatte trotzdem den Eindruck, dass ihm ziemlich klar war, dass es zwischen uns einfach nicht mehr lief. Ich sagte ihm, dass wir nicht mehr lange zusammen sein würden.

Dann versuchte ich, die Auswirkungen abzuschätzen, die der Entschluss, nach Deutschland zu gehen, für mich haben würde. Ich ging zu einer Beraterin, die ich während einer Gruppentherapie kennengelernt hatte, die mich damals sehr vorangebracht hatte. Ich wollte so bewusst wie möglich entscheiden, ich wusste, dass sie mir helfen könnte. Sie war eine sensible und intuitive Frau, sie kannte mich und hatte eine realistische Herangehensweise an Probleme, was mir gefiel. Ich sagte gleich zu Beginn, dass ich entschieden war, nach Deutschland zu gehen. Wie immer stellte sie mir konkrete Fragen, gleich die erste war: *Hat er seine Frau verlassen?* Als ich verneinte, sagte sie mir:

- Ich fürchte, Sie machen sich Illusionen. Meiner Erfahrung nach stellt sich die Situation wie folgt dar: solange der Ehemann nicht wirklich den Schritt gemacht hat, seine bisherige Frau und die Familie zu verlassen, ist es nicht sicher, ob er dies jemals tun wird.

Sie sagte mir auch, dass ein Mann statistisch gesehen selten bei jener Frau bleibt, für die er seine Ehefrau aufgegeben hat. Diese Hinweise haben mich sehr nachdenklich gemacht, ja erschüttert. Jedoch schien mir die Sache im Falle von Christoph anders zu sein. Er und seine Frau hatten ohnehin getrennte Schlafzimmer, das war fast wie eine Trennung, und er hatte mich seiner Familie auch schon quasi als neue Liebespartnerin vorgestellt. Dennoch ging mir das, was die Therapeutin gesagt hatte, sehr nach. Zuhause erinnerte ich mich an einen Satz von Christoph kurz vor meiner Abreise nach Kanada:

- Wenn du nicht da wärst, würde ich mich nicht von meiner Frau trennen.

Das war fast Wort für Wort dasselbe, was auch Lisa mir gegenüber ausgedrückt hatte. War dies seine Art, mich für ihre Trennung verantwortlich zu machen? Ich dachte, wenn es einem Paar gut geht, kann keine neue Frau sie auseinanderbringen. Es musste also in ihrer Beziehung eine Schwachstelle geben, sonst hätte sich Christoph mir nicht so offen zugewendet. Er hatte mir übrigens erzählt, dass sie beide während ihrer Ehe Affären gehabt hätten, er öfter als sie. Die Geburt der Kinder war dann mit der Hoffnung verbunden gewesen, ihre Beziehung zu stabilisieren, vielleicht sogar zu kitten. Aber sobald die Kinder auf der Welt waren, tauchte Lisa ganz in ihre Rolle als Mutter ein und war darin aufgegangen. Christoph hatte den Eindruck, als Mann nicht mehr zu zählen, sie gingen so gut wie nie mehr gemeinsam aus.

Die Begegnung mit der Therapeutin wirkte wie eine kalte, aber klärende Dusche. Ich fühlte mich ganz klar in meinem Kopf und in meinen Gefühlen, als ich ihm schrieb:

Ich sehe, dass das Leben mit Lisa für dich nicht unerträglich ist, da du ja immer noch bei ihr bist. Sie befriedigt dich zwar nicht, aber es gibt noch genügend gute Seiten, damit du bleibst. Deine Ehe sollte nur beendet werden, wenn sie nicht mehr trägt. Wenn ich der einzige Grund bin, deine Ehe aufzugeben, mach es bitte nicht.

Es wäre anders, wenn du bei unserer Begegnung bereits getrennt gewesen wärst. Ich brauche mehr Gewissheit.

Ich treffe die Entscheidung, mich aus deinem Leben zurückzuziehen. Es bricht mir das Herz, aber ich sehe keine andere

Lösung. Ich übernehme die Verantwortung für diese Entscheidung, aber ich möchte, dass du sie auch mir gegenüber mitträgst. Du hast einmal gesagt, dass du Jahre auf mich warten könntest. Eines Tages vielleicht…?

Ich schloss den Brief mit einem *Ich liebe dich.*

Beim Schreiben dieser Zeilen merkte ich aber, wie ich innerlich erstarrte, ich fühlte mich plötzlich seelisch gelähmt, doch klar bei Verstand. Eine solche kühle Rationalität kannte ich schon von mir; sie war auch vorher schon meine Art zu reagieren, als meine Töchter damals einen epileptischen Anfall hatte, ich fühlte nichts, machte, was zu tun war, blieb ganz ruhig und zog durch, was zu tun war; das war alles.

Zwei Wochen vergingen, sie erschienen mir wie eine Ewigkeit. Ich lebte mein Leben weiter, halbwegs präsent, reduziert in meinen Gefühlen. Bloß nicht daran denken, das war meine Devise.

Dann rief er mich an. Er akzeptierte die Trennung nicht, er wollte darüber mit mir von Angesicht zu Angesicht sprechen. Er würde wie geplant im März kommen, bat mich, ihm ein Hotel vorzuschlagen. Statt mein erneutes Angebot anzunehmen, wieder zu seiner Frau zurückzukehren, hat er heftig widersprochen. Daraufhin kam ich langsam wieder zu mir. Es war gut, dass er meine einseitige, eigenwillige Entscheidung nicht akzeptierte. Er hatte von sich aus die Verbindung wieder hergestellt, ich fühlte mich nicht mehr getrennt. Ich wollte immer noch hören, was er mir sagen würde, sehen, ob er mich überzeugen könnte, dass ich an seiner Trennung nicht schuld sei. Dafür war ich bereit zu warten, bis er da war.

Sollte ich ihm ein Hotel suchen? Ich überdachte meine Beziehung zu Bernard. Wollte ich wirklich weiterhin mit ihm zusammenleben? Ganz klar: nein. Ohne zu wissen, ob ich mit Christoph bleiben würde, strebte ich eine Klärung der Situation mit Bernard an. Ich bat ihn, aus meinem Haus auszuziehen. Er wehrte sich, er wollte nicht gehen, er liebe mich immer noch. Wir hatten ein langes Gespräch, schließlich akzeptierte er meinen Wunsch doch. Lag ich in meiner Wahrnehmung richtig, dass er fast sogar erleichtert war? Alles ging dann ganz schnell. In weniger als drei Wochen mietete er eine Wohnung in dem Haus, in dem er schon zuvor einmal gewohnt hatte, holte die Möbel ab, die er mitgebracht hatte und die ihm gehörten und ließ auch die kommen, die er zwischenzeitlich woanders eingelagert hatte. Ich half ihm sogar beim Umzug. Einen Monat später aß ich mit Bernard zu Abend in einem Restaurant: er sprühte vor Leben, erzählte mir von Aufführungen, die er gesehen und von Freundinnen, mit denen er wieder Kontakt hatte. Er schien keineswegs unglücklich.

Als Christoph am 14. März in Montreal ankam, war das Haus „sturmfrei", er konnte bei mir wohnen. Es war nicht schwer, mich davon zu überzeugen, dass er mir keineswegs die Schuld an seiner gescheiterten Ehe gab. Ich wollte es nur allzu gern glauben.

Ich gab ihm das Zimmer, das vorher Bernard bewohnt hatte. Sehr schnell richtete er sich ein, baute sich einen Arbeitstisch auf, legte seine Unterlagen, seine Bücher, seine Schreibutensilien darauf. Er interessierte sich für alles im Haus, stellte viele Fragen, sah sich gezielt Keller und Boden an. Und den Garten. Er war präsent auf eine Weise, die ich von Bernard so nicht gekannt hatte.

Wir lebten wie im Alltag zusammen, ich ging wie gewohnt zur Arbeit, er hatte Meetings mit seinen Kollegen von der Universität. Ich besuchte weiterhin montags und mittwochs meine Deutschkurse am Goethe-Institut, er wartete auf mich zuhause. Eine Woche nach seiner Ankunft erhielt ich eine außergewöhnliche Nachricht. Am Goethe-Institut, zwei Monate davor hatten sie ein sogenanntes Valentinstags-Stipendium angeboten: fünf Wochen kostenlos Intensivkurs in

Deutschland, private Unterbringung bei einem oder einer Deutschen, Übernahme der Hälfte des Flugpreises. Um es zu erhalten, musste man einen Brief schreiben und die Gründe angeben, warum man die Sprache im Land weiter lernen wollte.

Ich hatte einen zwei Seiten langen Brief verfasst und berufliche Gründe angegeben: ich wollte die Sprache im Land lernen, um selbst jene Erfahrung zu machen, die Immigranten ihrerseits in Québec durchlaufen, denen wir Französisch beibringen; mich interessierten die besonderen Lehrmethoden für Deutsch als Fremdsprache, in denen ich eine gelungene Ausgewogenheit zwischen dem Erlernen von Kommunikation und der Aneignung grammatischer Strukturen sah. Natürlich habe ich nicht erwähnt, dass ich in Deutschland einen Lover hatte.

An jenem Abend informierte man mich, dass ich eines der beiden Stipendien erhalten hätte. Es hatte insgesamt 42 Bewerbungen gegeben. Ich konnte es nicht fassen. Ich hatte den Antrag eigentlich nur ganz beiläufig gestellt, ohne wirklich an einen Erfolg zu glauben und ohne Christoph etwas davon zu erzählen. An diesem Abend hatte ich ihm mein Auto überlassen, ich fuhr also mit öffentlichen Verkehrsmitteln nach Hause zurück. Im Autobus saß ich mit klopfendem Herzen und fragte mich, wie ich ihm diesen Wink des Schicksals erklären sollte.

Ich „verkündete" ihm die gute Nachricht. Er war völlig überrascht, stellte viele Fragen. Ich versuchte, nicht zu schnell zu reden, alles in Ruhe zu erläutern, wie es dazu gekommen war: die Ausschreibung des Goethe-Instituts, mein Brief, die Nicht-Erwähnung meiner persönlichen Gründe, der Erfolg mit dem Stipendium, das konkrete Angebot und dass es im Sommer losgehen sollte – so gab ich ihm Zeit, sich langsam an den Gedanken zu gewöhnen.

In der Tat hatte die Zusage des Stipendiums eine Lawine von Ideen und Phantasien in mir ausgelöst. In den langen Monaten hatte ich mir Gedanken gemacht über die Möglichkeit einer beruflichen Auszeit, damit ich mit ihm probeleben könnte. Nun schien es mir in der Tat, als hielte der Himmel uns die Hand auf, als böte er uns eine Gelegenheit der unbeschwerten, leichtfüßigen Annäherung, die beim Schopfe zu packen war. Ich fing an, ihm davon zu erzählen, was sich in meinem Kopf konkret alles so bewegte.

- Ich könnte ein Jahr unbezahlten Urlaub bei meinem Arbeitgeber einreichen, und ihn direkt im Anschluss an den einmonatigen Kurs des Goethe-Instituts antreten. Ich würde sicher meine Sprachkenntnisse schon verbessert haben, ich könnte sie sofort praktisch anwenden. Ich wäre ja schon im Land.

- Das wäre natürlich wunderbar. Bist du wirklich bereit, das alles zu versuchen? Du wirst viele Dinge auf dich nehmen, organisieren und verändern müssen.

Ja, ich fühlte mich jetzt dazu in der Lage und bereit. Ich glaubte, dass ich ohne Probleme unbezahlt für ein Jahr vom Ministerium freigestellt werden könnte. Ich würde meine Stelle behalten, allerdings ohne Gehalt. Zur Lösung des finanziellen Problems könnte ich zwischenzeitlich mein Haus vermieten. Anne-Marie hatte letztes Jahr geheiratet, mein Sohn war auf Weltreise, ich wusste nicht, wann er zurückkommen würde. Ich musste also nur eine Wohnung für meine Tochter Pascale finden, die noch bei mir lebte.

Pascale verbrachte allerdings manchmal die Nacht bei ihrem Freund Daniel, der zusammen mit einem anderen Kommilitonen in der Nähe der Universität in einer Zweier-WG wohnte. Das ersparte ihr die lange Fahrt nach Hause, auf das Südufer der Stadt, was mehr als eine Stunde dauerte. Ich schlug den beiden vor, eine Wohnung in der Nähe der Universität zu mieten, mit einem kleinen Zimmer auch für mich, in dem ich dann immer wohnen könnte, wenn ich zu

Besuch da wäre, ich würde die Hälfte der Miete bezahlen. Sie waren einverstanden. Ich fragte mich, ob ich ihre eigene Entscheidung, sich stärker aufeinander einzulassen und zusammenzuziehen, auf diese Weise beschleunigt hatte; aber sie schienen froh über diese Lösung zu sein.

Der richtige Zeitpunkt musste gewählt werden. Der durch das Stipendium angebotene Deutschkurs in Deutschland sollte fünf Wochen dauern; auf der Liste, die man mir zugeschickt hatte, gab es jeden Monat einen Kurs, jedes Mal in einer anderen Stadt, in der ein Goethe-Institut vorhanden war. Ich war frei zu wählen. Allerdings war ich meinerseits doch nicht völlig frei in der Wahl, denn in Québec beginnen Mietverträge im Allgemeinen am 1. Juli eines Jahres. Wenn ich mein Haus also *vermieten* und dafür eine Wohnung *mieten* wollte, musste ich einen Kurs nehmen, der im Monat Juli angeboten wurde - in diesem Fall war es der Deutschkurs in der Stadt Grafing, einem Vorort von München. Damals wusste ich nichts von der geographischen Distanz noch von der kulturellen Spannung zwischen Bayern und Norddeutschland. Ich merkte sehr wohl, dass Christoph nicht begeistert war, dass es unbedingt eine Stadt in Bayern sein musste, aber er fügte sich meinen Gründen. Wir einigten uns darauf, dass ich den Juli-Kurs buchen und meine einjährige Freistellung ab August daran anschließen würde.

Was Christoph anging, so würde er parallel eine Wohnung für uns suchen, er hatte schon damit begonnen, die Möglichkeiten zu sondieren. Er machte sich ein wenig Sorgen, denn er musste weiterhin seine Familie finanziell unterstützen, er wusste nicht, wieviel Geld ihm bleiben würde. Wir mussten also eine relativ günstige Wohnung für uns finden. Ich verstand das und sagte zu, dass ich meinen Beitrag zu den Kosten leisten würde.

In den drei Wochen nach dieser wichtigen Entscheidung machten wir eine Reise in die Stadt Québec: ich begleitete ihn in ein Forschungszentrum, auch besuchten wir eine Freundin aus meiner Jugend, machten Skilanglauf auf dem herrlich verschneiten *Mont Sainte-Anne*. Zurück in Montreal nahmen wir beide an einem Kongress über das Unterrichten der französischen Sprache als Zweitsprache teil.

Es war eine glückliche Zeit, es kam mir so vor, als lebte ich bereits mit ihm zusammen. Der Zauber war immer noch da zwischen uns. Er war feuriger denn je. Beim Langlaufen, wenn ich eine Erholungspause einlegte, sagte er, ich würde bestimmt Treibstoff brauchen und küsste mich wild.

Mir wurde allerdings auch seine anspruchsvolle Seite bewusster, er wurde schnell ungeduldig, wenn die Dinge nicht so liefen, wie er es sich vorstellte. Ich fand, dass er oft übertrieb, manchmal regte ich mich darüber auf. Das passierte auch in dem Moment, als er abfliegen sollte. Am Flughafen schimpfte er mal wieder, weil ihm der Sitzplatz im Flieger, den man ihm zugeteilt hatte, nicht passte. Er versuchte, ihn umzuändern und geriet mit dem Angestellten aneinander. Ich verstand nicht, dass er dieser Sache eine solche Bedeutung beimaß, und das gerade in dem Moment, wo wir uns voneinander verabschiedeten - an seiner Stelle wäre mir das egal gewesen. Wir stritten uns heftig darüber. Wir gingen auseinander, ohne den Streit beigelegt zu haben.

Ich kam nach Hause, innerlich durcheinander, weinte in den Armen meiner Tochter, dann beruhigte ich mich. Wir hatten schon ähnliche Spannungen in anderen Situationen erlebt. In der Regel waren wir uns unserer Liebe ausreichend sicher, konnten das jeweils wegstecken, zu anderen Dingen übergehen. Dieses Mal aber mussten wir uns zur Klärung und Beilegung auf Briefe verlegen, um uns wieder anzunähern. Es gelang.

Aufbrechen

Christoph war abgereist. Das Haus war noch erfüllt von seiner Gegenwart. Eines Morgens hörte ich noch einmal eine der Kassetten an, die er mir früher geschickt hatte. Ich schrieb ihm:

Jedes Mal, wenn ich deine Kassette höre, ist es ein neues Liebeserlebnis. Ich liebe deine Stimme, sie berührt mich, sie schläft mit mir. Ich habe den Eindruck, ich bräuchte meine Hand nur auszustrecken, um dich zu berühren. Ich weiß so gut, wie dein Körper sich anfühlt, meine Hand ist davon durchtränkt. Dich zu lieben ist eine Entdeckung, jedes Mal anders, ein Abenteuer, mich durch das, was ich empfinde, leiten zu lassen, wenn du mich sanft streichelst oder mich heftig anpackst. Ich bin glücklich, das alles in mir lebendig zu fühlen.

Deine Sinnlichkeit und die meine sind fleischgewordene Gefühle. Unsere Körper suchen sich, und es sind doch unsere Seelen, die sich dadurch finden. So wie unsere Küsse, die sich nach innerer Nähe und Verschmelzung sehnen.

Dann musste ich aufhören, sonst wäre ich zu erregt geworden.

In den darauffolgenden Tagen begann ich, meine Abreise zu organisieren. Woher nahm ich die Kraft? War es, weil ich solange blockiert gewesen war? War es die Aufbruchsstimmung in ein Abenteuer, das kalkulierbar war? Die Tatsache eines konkreten Projektes setzte in mir eine positive Energie frei, die mich selbst erstaunte.

Ich füllte die notwendigen Antragsformulare aus zur Beantragung meiner beruflichen Auszeit, beauftragte eine Agentur mit der Vermietung meines Hauses; ich suchte und fand gemeinsam mit meiner Tochter und ihrem Freund eine Wohnung im Universitätsviertel, ich erkundigte mich nach Flugverbindungen und günstigen Tickets. Ich konnte sogar weiter an meiner Masterarbeit schreiben. All dies machte ich gleichzeitig, mit Entschiedenheit und Sicherheit.

Es gab einen Haufen konkreter Dinge zu regeln, jede Menge Formulare zu bearbeiten, Versicherungen zu ändern, Hypotheken zu bezahlen, Telefone zu kündigen, Adress-änderungen zu verschicken und, und und…, ich machte Listen.

Die Meditation half mir, mein inneres Gleichgewicht zu halten, ich meditierte weiterhin regelmäßig. Wie andere täglich ihre Gymnastik durchziehen, meditierte ich jeden Morgen, vor dem Frühstück, und auch am späten Nachmittag noch einmal, wenn es irgend ging. Die Übung, in mich zu gehen, mich in einen ruhigen, inneren Raum zu begeben, versetzte mich in einen ausgeglichenen Zustand. Ich hatte Klarheit, ich vertraute meiner Intuition.

In meinen Briefen erklärte ich Christoph die Details meiner Entscheidungen, z.B. dass ich erst am 4. Juli kommen würde, weil ich nicht vor dem 1. umziehen konnte, dass mein Rückflugticket höchstens sechs Monate Gültigkeit haben würde, was bedeutete, dass ich Anfang Januar wieder nach Kanada zurückkehren müsste. Ich würde dort einige Zeit bleiben und danach dann ein weiteres Ticket nach Europa buchen, ebenfalls mit Rückflug maximal sechs Monate später.

Ich merkte, dass Bernard sich vernachlässigt fühlte, er war verärgert und bitter geworden. Ich schaffte es aber, ihm meine verbliebene Zuneigung und Unterstützung zuzusichern. Er beruhigte sich wieder. Er besuchte mich zu Hause, mit unserer Tochter Pascale begannen wir, Möbel auszusortieren, zu entscheiden, was in unsere neue Wohnung kam, was Bernard seinerseits zurücknehmen würde: er wollte unter anderem die alten Glasvitrinen haben, die seiner Familie gehört hatten. Pascale half mir sehr, mich von bestimmten Dingen zu trennen. Mehrmals sagte sie: *Aber Mama, das brauchen wir doch gar nicht mehr!*

101

Ich sah ein, dass sie Recht hatte. Wir machten einen Garagenverkauf, eine Art Mini-Flohmarkt vor dem eigenen Haus. Wir stellten haufenweise Gegenstände, Geräte und Kleidung auf den Rasen im Vordergarten, wir hatten Anzeigen an Bäumen und in Geschäften im Viertel aufgehängt. Ich war überrascht, wie viele Menschen kamen und mit diversen Gegenständen fortgingen, froh darüber, sie für „'n Appel und 'n Ei" erworben zu haben. Eine alte Dame kam vorbei und fragte uns schüchtern, ob wir nicht Wollreste hätten. Zufällig hatte meine Tochter, die gern strickte, einen Koffer voll mit solchen Resten. Die alte Dame verließ uns hocherfreut. Wir konnten diesen unvorhergesehenen Verkaufserfolg nicht glauben. Am Ende des Tages hatten wir über 100 Dollar zusammen und vor allem waren wir viele Dinge endlich los. Was noch übriggeblieben war, brachte ich zu einer Wohltätigkeitsorganisation.

Mit all diesen Aktivitäten hielt ich mich gut beschäftigt, um nicht unter der Trennung von ihm zu leiden. Aber eines Tages wurde mir bewusst, dass ich mich nicht länger gegen meine Traurigkeit wehren konnte, ich ließ mich gehen, ich weinte. Es erleichterte mich, mir einzugestehen, wie sehr mir unsere Gespräche fehlten, und dass es hart war, all diese Dinge allein zu regeln, ohne seine Unterstützung.

Christoph war seinerseits weiterhin damit beschäftigt, eine Wohnung zu suchen, er sagte mir in seinen Briefen, dass es schwierig sei, eine angemessene zu finden, die unseren Kriterien entspreche: eine gemütliche und behagliche Zwei- bis Zweieinhalb-Zimmer-Wohnung für uns beide, nicht zu weit von seinen Kinder entfernt, nicht zu teuer. Er beschrieb mir, wieviel Energie und Zeit er in Besichtigungen und Vergleiche stecken musste. Es erstaunte ihn, dass Pascale und ich in Montreal so schnell eine entsprechende Wohnung gefunden hatten. Ich wusste inzwischen, wenn es um eine wichtige Entscheidung ging, brauchte er Zeit: er holte viele Informationen ein, wog die Vor- und Nachteile ab.

Er wollte so sehr etwas Gutes, ja das Richtige finden; er sagte mir zugleich, wie schwer es für ihn war, all das ohne mich zu suchen, alles allein abzuschätzen, er hätte sich gewünscht, dass ich an der Entscheidung mitwirkte. Ich antwortete ihm, dass ich ihm voll und ganz vertraute, ich war sicher, dass das, was er finden würde, perfekt für uns sein würde. Im Juni rief er mich an, um mich zu fragen, wie wichtig ein Balkon wäre. Ich hatte darüber nicht nachgedacht, aber als er sagte, dass von den zwei in Frage kommenden Wohnungen diejenige ohne Balkon bezahlbarer war, sagte ich natürlich, dass ein Balkon nicht wichtig sei. Erst später begriff ich, dass es in dieser Provinzstadt, wo die Häuser oft einen großen Garten nach hinten hatten, sehr angenehm sein konnte, sich auf einen Balkon zu setzen, wenn man im ersten oder zweiten Stock wohnte. Aber auch wenn ich das gewusst hätte, hätte ich mich so entschieden.

Die Agentur in Montreal fand potentielle Mieter für mein Haus, sie kamen zur Besichtigung. Es war ein Paar in den Vierzigern, sie hatten zwei Söhne im Alter von fünfzehn und siebzehn Jahren, die nicht mitgekommen waren. Sie war Quebecerin; lustiger Zufall, ihr Mann hatte deutsche Wurzeln und lebte seit zehn Jahren in Québec, er sprach gut Französisch. Er liebte Gartenarbeit; er erzählte mir, dass er in diesem Bereich ausgebildet war und gearbeitet hatte, um sein Studium zu finanzieren. Mein Garten war damals ziemlich vernachlässigt, ich sagte ihm, dass ich froh sei über alles, was er dort neu gestalten würde. Ich hatte den Eindruck, dass es zuverlässige Leute waren, dass sie sich gut um das Haus kümmern würden. Ich war so mutig, einige Worte auf Deutsch zu sagen, sofort korrigierte er meine Aussprache: Offenbar liebte er Präzision!

Der Termin rückte näher, Christoph und ich hatten weniger Zeit, uns zu schreiben. Der Umzug fand wie geplant am 1. Juli statt. Ich hatte einen Lkw gemietet, Daniel und seine Freunde luden die Möbel auf. Wir hatten unterschätz, wie lange die Fahrt zwischen Wohnung und Haus dauern wurde so dass wir bis spät in den Abend hinein arbeiten mussten. Um 1 Uhr morgens lug ich alle zu eine Pizza ein. Wir waren alle erschöpft, aber das abschließende, gemeinsame Essen hat uns gut getan.

In der neuen Wohnung gab es viel zu tun. Am 3. Juli ließ ich das alles hinter mir, fühlte mich ein wenig schuldig für die Situation, in der ich Pascale und Daniel alleine ließ, aber ich konnte nichts daran ändern. Am Morgen des 4. Juli kam ich in Amsterdam an, Christoph holte mich mit dem Auto ab. In einer Kühlbox hatte er geräucherten Lachs und eine Flasche Champagner. Wir picknickten und stießen an, ein neues Leben hatte soeben begonnen.

Neuanfänge

In Osnabrück zeigte Christoph mir die Wohnung, die er gefunden hatte, sie lag im zweiten Stock eines Hauses mit insgesamt sechs Wohneinheiten. Die Zimmer waren eher klein, die Decken schräg, das wirkte gemütlich. Es gab zwei Schlafzimmer, in einem der beiden Zimmer konnten seine Kinder schlafen, wenn sie zu Besuch waren. Er hatte seine Möbel noch nicht in die Wohnung gebracht, also schliefen wir auf Matratzen auf dem Fußboden im Wohnzimmer, wir liebten uns dort. Das war unsere Art, uns diesen Raum anzueignen, der unsere Liebe einige Jahre lang beherbergen sollte.

Ich war an einem Mittwoch angekommen, am darauffolgenden Montag musste ich nach Süddeutschland weiterreisen, wo mein Deutschkurs beginnen sollte. Ich nahm den Zug, sieben Stunden Fahrt bis München, dann musste ich in einen Regionalzug umsteigen. Christoph hatte mir alles erklärt, aber ich war ein wenig unsicher, fragte mich, ob ich mich in diesem riesigen Bahnhof zurechtfinden würde, alles war neu. Glücklicherweise halfen mir meine Deutsch kenntnisse bereits, mich in dem Schilderwald zu Recht zu finden, die Hinweise zu entziffern, ich fand den richtigen Bahnsteig, ich war stolz auf mich.

Gegen sieben Uhr abends kam ich bei der Dame an, die mich beherbergen sollte. Sie empfing mich freundlich, eine etwas korpulente Frau in den Sechzigern. Sie zeigte mir mein Zimmer im Obergeschoß, nicht sehr groß, mit einem Arbeitstisch und einem Sessel, das Badezimmer im Flur. Ich war bereit, diese bescheidenen Bedingungen zu akzeptieren, es war ja nicht für lang. Am nächsten Tag begann der Kurs, ich konnte zu Fuß dort hingehen.

Den ersten Tag fand ich schwierig. Nach fünf Stunden Kurs wollte ich kein Wort Deutsch mehr hören. Den anderen Teilnehmenden, jünger als ich, schien es genauso zu gehen. Zum Mittagessen fanden wir uns je nach Muttersprache wieder zusammen, die Italiener mit den Italienern, die Englischsprachigen ihrerseits unter sich, ich natürlich bei den Studierenden aus Frankreich. Aber ich sah mich mit einer neuen Herausforderung konfrontiert: ihre französische Sprache war durchsetzt mit Umgangssprache und Abkürzungen, ein Schwall von Ausdrücken ergoss sich über mich, die ich nicht immer verstand, die mussten mir erklärt werden. Die Stimmung war locker, es wurde viel gelacht.

Am Nachmittag ging ich nach Hause in mein Zimmer, ich ruhte mich aus und machte die Übungen, die man uns aufgegeben hatte. Ich war immer eine brave Schülerin gewesen, das ist meine angepasste Seite, und ich war ernsthaft interessiert an Deutsch. Dann meditierte ich zwanzig Minuten, so auch am nächsten Morgen, wie ich es in Montreal immer getan hatte. Ich gönnte mir weiterhin diese privilegierten Momente, in denen ich mich auf meine Mitte konzentrierte, wo die Dinge sich wieder ordneten. Die Meditation bestimmte meinen Tagesrhythmus, gab mir eine Basis, sie war ein Teil von mir geworden.

Man hatte uns Kassetten zum Anhören gegeben. Als ich sie das erste Mal in den Rekorder einlegte, hörte ich nur eine sinnlose Abfolge von Lauten, wusste nicht, wie ich sie entziffern oder in Sinneinheiten zerlegen sollte. Nach mehrmaligem Hören allerdings erkannte ich erste Worte, und je öfter ich mir die jeweilige Kassette zu Gemüte führte, desto mehr verstand ich.

Als die Hälfte meines Aufenthalts rum war, kam Christoph mich besuchen. Als er in mein Zimmer kam, nahm er mich ohne abzuwarten in die Arme, befreite mich von meinem Büstenhalter, in wenigen Minuten verwandelte seine Leidenschaft das kleine Studierzimmer in ein Liebesnest, es gab nur noch die Macht unserer Anziehungskraft, den Strom unserer Begierde.

Dann zeigte ich ihm das „Dirndl"-Kleid, das ich während eines Ausflugs mit den Kurskameradinnen gekauft hatte. Es bestand aus einem bunten Rock, einer passenden Bluse, und ein Oberteil sehr feminin geschnitten und kleidsam. Ich hatte sie in Rot- und Weißtönen genommen. Ich hatte mehrere Frauen ein Dirndl tragen sehen, ich dachte, so etwas trägt man in Deutschland, dann musste ich auch so etwas haben. Es stand mir, die Kleidung passte gut zu meinen dunklen Haaren. Ganz offensichtlich hat ihm die Tracht gefallen. Er schien dennoch zurückhaltend, sagte mir, dass ich so ein Dirndl in Norddeutschland nicht wirklich tragen könnte, es sei eben typisch für Bayern, für den Süden Deutschlands. Ich fing an zu begreifen, dass es zwischen diesen beiden Regionen einen großen Unterschied gibt, wie auch zwischen anderen Teilen Deutschlands, was ich erst später genauer entdeckte. Die Bayern sprechen auch ganz anders, sie haben einen anderen Akzent. Als ich den Ort für den Kurs ausgesucht hatte, befürchtete Christoph, dass man mir Deutsch mit Dialekt beibringen würde, aber das war natürlich nicht der Fall.

Am Ende des Kurses, am 3. August, fuhr ich zu Christoph nach Brüssel, dort fand ein Linguisten-Kongress statt, genau wie der, bei dem wir uns drei Jahre zuvor in Schweden kennengelernt hatten. Ich sah Leute wieder, die ich kannte. Aber anders als Christoph hielt ich dieses Mal keinen Vortrag.

Im September fuhren wir gemeinsam in den Urlaub, wieder nach Griechenland, dieses Mal nach Kos – ein heißer, hinreißender Urlaub. Nach unserer Rückkehr holte Christoph seine Kinder für das Wochenende ab. Ich kannte sie nicht sehr gut. Ich redete mit ihnen so gut ich konnte, Christoph half mir, mich mit ihnen zu verständigen. Er war es gewohnt, sich um sie zu kümmern, er plante den Tagesablauf und versuchte, mich so oft wie möglich mit einzubeziehen. Wir gingen spazieren, dann spielte er mit ihnen. Abends machte ich das Essen, danach brachte er sie ins Bett, las ihnen eine Geschichte vor, hatte offensichtlich Spaß daran und sie auch.

Ich beobachtete ihn fasziniert. Ich hatte bisher keine Männer kennengelernt, die so mit ihren kleinen Kindern umgehen konnten, ich liebte seine Art, mit ihnen zu reden, wie er sie in seine Arme nahm und Sachen erklärte. Selbst wenn ich fließend Deutsch hätte sprechen können, hätte ich nicht aktiver sein wollen; ich hielt mich ein wenig zurück, mir war bewusst, dass dies ihre privilegierte Zeit mit ihrem Papa war, den sie nicht wie vorher jeden Tag hatten. Ich war froh, dass sie mir gegenüber nach und nach ein wenig zutraulicher wurden.

Mein neues Leben in Osnabrück begann, ich war neugierig, was es mir bieten würde. Mir gefiel das Ambiente dieser historischen Provinzstadt, die durch die Anwesenheit von Studenten belebt wurde; die Universität befand sich mitten im Stadtzentrum. Ich fuhr oft mit dem gebraucht gekauften Fahrrad dorthin, viele Straßen hatten einen Fahrradweg. Donnerstags kaufte ich Gemüse und Blumen auf dem Markt ein: jede Woche frische Blumen, in meinem Leben in Montreal waren Blumen nur besonderen Gelegenheiten vorbehalten.

Ich entdeckte viele neue Dinge. Als Christoph mich fragte, bei welcher Temperatur ein Kleidungsstück gewaschen werden sollte, verstand ich ihn zunächst nicht, bis er mir erklärte, dass man das Wasser in der Waschmaschine auf diejenige Temperatur anheizen konnte, die man haben wollte. Ich wusste nicht, dass es solche Maschinen gab, bei uns in Kanada wählt man nur zwischen kalt, lauwarm und warm.

Christoph hatte viel zu tun, seine Arbeit, seine Familie, seine Kontakte. Eines Morgens, bevor er zur Universität ging, küsste er mich leidenschaftlich. Ich hätte gewollt, dass er blieb, dass wir uns liebten, den Tag miteinander verbringen würden. Er ging dennoch weg, wie meistens. Ich sah die Gefahr, dass ich eine Abneigung gegen alle seine beruflichen und sonstigen sozialen Verpflichtungen entwickeln würde. Soweit wollte ich eigentlich auch wieder nicht gehen.

Schon bevor ich herkam, wusste ich, dass meine größte Herausforderung darin bestehen würde, die langen Stunden auszuhalten, in denen ich allein, ohne ihn, sein würde. Ich lehnte das nicht ab, zu bestimmen Zeiten allein zu sein, im Gegenteil, ich liebte es, Zeit für mich zu haben. Aber ich brauchte es auch, dann wieder unter Leuten zu sein, andere Menschen zu treffen. Wenn ich mich nicht den ganzen Tag in Erwartung der kostbaren Zeit, in der wir dann zusammen sein würden, verzehren wollte, musste ich meine Tage unbedingt selbst strukturieren, aktiv werden, aus dem Hause gehen, eigene Beziehungen knüpfen.

Die erste Sache, die mir half, war der Deutschkurs, den ich an der Universität Osnabrück belegte. Zum Unterricht gehen, Hausaufgaben machen, bestimmte Dinge nachschlagen - das strukturierte schon einen Teil meines Tages. Außerdem gab mir mein Status als Studentin Zugang zu der Uni-Mensa, in der Christoph ebenfalls zu Mittag aß. Es sei eine der besten Deutschlands, sagte Christoph, sie war mehrfach ausgezeichnet worden. In der Tat aß man dort sehr gut, komfortabel und entspannt zugleich, auf hellen Möbeln, mit hohen Decken, viel Glas und mit Blick auf den Park. Oft war ich schon vor Christoph da, der erst nach seinem Unterricht dazukam.

Da ich selbst in der Mensa häufig allein war, begann ich, mich mit den Tischnachbarn zu unterhalten und langsam anzufreunden. Im Laufe der Wochen lernte ich so Leute kennen, die dort auch regelmäßig aßen. Da waren zum Beispiel ein pensionierter Mathematikprofessor, der Presseattaché der Universität, eine Studentin in den Vierzigern, eine Bibliotheksangestellte und viele andere mehr: man traf sich ungeplant, meist in derselben Ecke, wir redeten über dies und jenes, es gab mir viele kulturelle Einblicke, einen erweiterten Horizont und ein kleines soziales Umfeld, das ich gern aufsuchte.

Ich machte weitere Bekanntschaften. Eines Tages ging ich an einer Buchhandlung vorbei, die sich ganz offensichtlich an Frauen richtete und sich *Mother Jones* nannte. Sie war geschlossen; an der Tür las ich eine Einladung zu einem internationalen Frauentreffen am nächsten Tag. Ich ging dort hin und lernte mehrere Ausländerinnen kennen, die ebenfalls in Osnabrück wohnten: Spanierinnen, Italienerinnen und Französinnen, aber auch zwei Deutsche. Sie trafen sich regelmäßig. Sie waren sehr gastfreundlich, aber ich gehörte noch nicht zur Gruppe. Ich spürte, dass ich mich ihnen weiter öffnen und ihr Vertrauen gewinnen musste, was im Laufe unserer Treffen geschah. Ich tauschte meine Kontaktdaten mit einer der Französinnen aus, die ich sehr sympathisch fand, wir sahen uns wieder. Ich war erfreut, mit ihr in meiner eigenen Sprache zu sprechen.

Mit Christoph musste ich erst lernen, im Alltag zu kommunizieren. Wenn ich in den Keller ging, um die Waschmaschine anzustellen oder im Viertel einkaufte, ohne ihm etwas zu sagen, protestierte er:

- Aber sag's mir doch, rede bitte, ich weiß ja gar nicht, was du machst und wo du bist.

Er kommunizierte seinerseits die ganze Zeit. Er benachrichtigte mich nicht nur, wenn er etwas erledigen ging, sondern sagte mir jeweils auch, wie er sich dabei fühlte, gut oder nicht gut, oder was er zu tun beabsichtigte. Und ob er es mochte, was ich kochte, ob die Sauce vielleicht doch nicht nach seinem Geschmack war, ob er mit etwas zufrieden bzw. einverstanden war: ich wusste immer, woran ich war, was in ihm vorging, wie er sich fühlte, ob ihm kalt oder warm war usw. Er sagte mir oft, dass er mich liebte, und verpasste keine Gelegenheit, mich zu umarmen. Er lebte intensiv jeden Moment und wenn ihm grad danach war, mich leidenschaftlich zu küssen, obwohl er gleich gehen musste, hielt er sich nicht zurück; er folgte seiner Lust.

Er blieb aufmerksam: wenn ich eine Gefühlsregung hatte, merkte er es sofort, er brauchte mich nur anzusehen. Er stellte mir dann Fragen, und selbst wenn er beschäftigt war, nahm er sich Zeit. Aber wenn er Vorschläge machte, musste ich ihn daran erinnern, dass ich keine Lösungen von ihm brauchte, sondern nur, dass er mir zuhört und mich tröstet. Das wiederum konnte er gut.

Wir hatten auch heftige Auseinandersetzungen. Oft deshalb, weil ich etwas kaputtgemacht hatte; es kam nämlich vor, dass ich einen Gegenstand aus Versehen fallen ließ. Dann ärgerte er sich, fragte mich, wie das passieren konnte, setzte mir mit lauten Nachfragen zu, die ich nicht beantworten wollte oder konnte; ich ärgerte mich ebenfalls, vor allem über ihn und seinen harschen Ton. Ich konnte seine Vorwürfe einfach nicht mehr hören, wollte fliehen, raste nach draußen, Schlug die Tür zu, verließ die Wohnung, ohne was zu sagen, marschierte irgendwohin, egal ob Tag oder Nacht. Wie konnte er nur so mit mir reden? Meistens beruhigte ich mich innerhalb einer Stunde und ging schließlich wieder nach Hause zurück, wir versöhnten uns dann.

Der beste Moment des Tages für Christoph und mich war der Abend, wenn er zum Essen nach Hause kam. Das nahmen wir an einem runden Tisch in einer Ecke des Wohnzimmers ein. Er zündete eine Kerze an, schenkte uns ein Glas Wein ein. Wir erzählten uns über unseren Tag. Eines Abends sagte er mir wieder einmal, dass er das vegetarische Gericht sehr mochte, das ich gekocht hatte, es tat ihm sichtlich gut, er fühlte sich wohl, so zu essen. Wir setzten uns auf die Couch, er umarmte mich, wir küssten uns. Erneut fühlte ich diese unwiderstehliche Hingezogenheit, diese sinnliche Lebensenergie, wir glitten von der Couch auf den Teppich hinab, liebten uns, nichts zählte außer unserem Verlangen, miteinander zu verschmelzen.

Mehrmals haben wir uns im Laufe der Zeit auf diesem Teppich wiedergefunden. Jedes Mal war es neu, anders. Eines Tages erinnerte ich mich an meine Frage, die ich mir auf Rhodos gestellt hatte, ob man eine leidenschaftliche Beziehung auch im Alltag leben konnte. Ich hatte die Antwort.

Manchmal verreiste Christoph beruflich. Im November beispielsweise fuhr er zu einem Kongress nach Dänemark. Er schlug vor, dass ich ihn bis Hamburg begleitete, anstatt in Osnabrück zu bleiben, und dort die drei Tage, die er abwesend war, bei seinen Eltern zu verbringen. Sie waren einverstanden.

Ich mochte seine Eltern sehr. Ich war fasziniert von der Art, wie sie miteinander umgingen. Sie machten sich Komplimente. Sie waren zärtlich zueinander. Wenn sein Vater am Ende des Tisches saß, streichelte seine Frau ihm die Wange im Vorbeigehen, er legte seinen Arm um ihre Taille. Ich kannte das nicht aus meiner Familie, meine Eltern hatten in meiner Gegenwart nie Zuneigung gezeigt. Christophs Vater war ein ernst aussehender Mann, der sich für Vieles interessierte: ich sah einmal, wie er ein Buch geschenkt bekam, er fing sofort an, darin zu blättern, das Inhaltsverzeichnis zu studieren, sich für den Inhalt zu interessieren.

Nach Christophs Abreise am Nachmittag war ich müde, ich sagte, dass ich gern ein Schläfchen machen wollte. Sie fragten mich, ob sie mir ein Schlaflied singen sollten. Ich lachte, das war ein liebevoller Witz, dachte ich. Ich ging nach oben ins Zimmer, legte mich auf das Bett. Plötzlich bewegte sich die Tür, in der Türöffnung standen die beiden und sangen für mich, dann schloss sich die Tür wieder sanft. Er, der Vater, der gehbehindert war und sich auf einen Stock gestützt fortbewegte, war die Treppe hinaufgestiegen, zusammen mit seiner Frau, um mir ein Schlaflied zu singen. Ich war berührt von ihrem Feingefühl, entzückt über ihre Verspieltheit.

In Hamburg ging ich allein los, um die Stadt zu entdecken, nahm den Bus und die S-Bahn, einen Stadtplan in der Hand. In der Innenstadt ging ich in ein Modegeschäft. Mir war aufgefallen, dass viele Frauen in Hamburg einen Hut trugen, ich fand das chic. Ich hatte Lust, mir auch einen zu kaufen und tat es. Ganz aufgeregt über meinen Kauf ging ich in ein kleines vegetarisches Restaurant in den Alsterarkaden, am Alsterkanal. Ich fand es einfacher, Leute in vegetarischen Etablissements anzusprechen als in normalen Restaurants. Ich bestellte, ging mit dem Tablett in der Hand nach draußen. Das Wetter war noch gut genug, um draußen zu essen. Ich sah einen Tisch, an dem noch ein Platz frei war, fragte die beiden Frauen, ob ich mich zu ihnen setzen dürfe. Sie waren einverstanden. Nach einigen Minuten war ich mutig genug, sie etwas zu fragen:

   - Ich habe mir gerade diesen Hut gekauft, wie finden Sie ihn?

Meine Frage schien sie zu amüsieren, wir fingen ein Gespräch an, dann ist eine der beiden Frauen gegangen und ich bin bei der anderen geblieben. Später gingen wir ein wenig im Viertel spazieren, sie erzählte mir, dass sie die Assistentin des berühmten Choreographen vom Hamburg Ballett sei, von John Neumeier. Sie musste zurück zur Arbeit, wir beschlossen, uns am nächsten Tag wiederzusehen und gemeinsam ein Museum zu besuchen. Susanne ist meine Freundin geworden und geblieben; Jahre später, bei einem Geburtstag, hat sie das Wort ergriffen und von unserer ersten Begegnung erzählt.

Im Dezember erfuhr ich von der Geburt des ersten Kindes meiner Tochter, von Anne-Maries Baby. Es war ein Mädchen und alles war gut verlaufen. Ich war erleichtert. Wegen ihrer

Epilepsie hatte ich Angst gehabt, dass es vielleicht Probleme beim Gebären geben könnte.

Anfang Januar kehrte ich für einige Wochen nach Montreal zurück. Ich sah mein Enkelkind Geneviève zum ersten Mal, wie es ganz zart in der Wiege lag, mit dunklen Haaren, wie der Vater. Ich war gerührt. Ich erinnerte mich daran, wie es war, als meine Töchter so klein waren, und dennoch war es ein anderes Gefühl.

Bevor ich nach Deutschland gefahren war, hatte ich die wissenschaftlichen Recherchen für meine Masterarbeit beendet: ich hatte zwei verschiedene Lehrmethoden, wie man langsam lernenden Erwachsenen am besten Französisch als Zweitsprache beibringen könnte, miteinander verglichen. Alles war da, die ausgefüllten Fragebögen, die transkribierten Gespräche, die ausgewerteten Tabellen. Die Arbeit musste nur noch geschrieben werden. Ich ging zu meiner Professorin: Sie ermunterte mich, sofort mit dem Schreiben anzufangen, wenn ich länger warten würde, könnte es schwieriger werden, ich würde viel vergessen haben. Sie war bereit, meine Entwürfe gegenzulesen, sobald ein Teil fertig verfasst war und riet mir, beim Schreiben die Reihenfolge der geplanten Kapitel einzuhalten, also am Anfang anzufangen, anstatt zu versuchen, getrennt geschriebene Teile später zusammen-zusetzen. Ich beschloss, mich sofort daranzusetzen, noch während meiner Zeit in Montreal.

Ich unterbrach meine Arbeitszeiten durch Treffen mit meinen Familienmitgliedern und mit anderen Leuten; wir gingen ins Restaurant oder kochten gemeinsam kleine Abendessen, auch feierte ich zwischenzeitlich meinen Geburtstag. Mitte Februar hatte ich „vollgetankt", meine Arbeit zu Ende gemacht und war enorm zufrieden - ich konnte es kaum erwarten, Christoph in Osnabrück wiederzusehen.

Ängste und Wagnisse

Bis April fanden keine Kurse an der Universität statt. März war die Zeit des Jahres, wo Christoph gewöhnlich zum Skifahren fuhr. Der Norden Deutschlands ist ziemlich flach, Skifahren bedeutete für ihn, nach Süden in die Alpen zu fahren. Kollegen von ihm hatten eine Skireise mit Sportstudierenden organisiert, es gab noch freie Plätze für uns. Christoph hatte mich gefragt, ob ich Interesse hätte und bereit wäre, an dieser Reise teilzunehmen. Ich wäre lieber allein mit ihm in Urlaub gefahren. Aber er hatte Lust dazu, und es war billiger, mit einer Gruppe zu reisen und sportlich für ihn wohl auch anregender und sicherer.

Eigentlich hatte ich Angst in den hohen Bergen, besonders auf Brettern und hoch gelegenen Abfahrten. Deshalb machte ich in der Regel nur Langlauf. Diese Angst beruhte auf einem Vorfall, der passiert war, als ich ungefähr acht Jahre alt war. Damals fuhr ich oft Rollschuh auf der Straße in der Nähe unseres Hauses, die Rollschuhe waren ziemlich einfach, die Rollen aus Metall. Ich liebte das, auch wenn ich oft hinfiel. Eines Tages schlug mir ein Freund vor, mich an sein Kettcar anzuhängen und auf Rollschuhen die abschüssige Straße mit ihm hinunterzufahren. Auf dem Wege nach unten erreichte das Kettcar eine hohe Geschwindigkeit, ich geriet in Panik, ließ los und stürzte auf den blanken Asphalt. Mit Schrammen übersät kam ich nach Hause, hatte mir aber nichts gebrochen. Was blieb, war die Angst vor abschüssigen Strecken und vor zu hoher Geschwindigkeit.

Christoph kannte meine Befürchtungen. Er dachte, wenn ich Ski-Unterricht nehmen und den Abfahrtslauf besser beherrschen würde, könnte ich meine Angst abbauen und vielleicht sogar überwinden. Ich sagte ihm, ich hätte bereits einige Jahre zuvor versucht, mit meinem Sohn Alpinski zu fahren, hätte es aber nicht geschafft. Christoph bestand dennoch darauf, dass ich mir eine neue Chance geben sollte, also stimmte ich am Ende zu.

Wir reisten im Autobus. Christoph machte mich auf die wunderschönen Berge Österreichs aufmerksam, die man durchs Fenster sehen und bewundern konnte. Wir übernachteten in rustikalen Chalets, die Studierenden schliefen zu mehreren in einem Zimmer, für uns hatte man einen Schlafraum zu zweit reserviert.

Während der ersten beiden Tage machte ich den Anfängerkurs mit. Man zeigte uns die richtigen Schwing- und Abdruckbewegungen, wir übten auf einem sehr flachen Abhang, ich schaffte es, die erforderlichen Schwingungen ungefähr so nachzuahmen wie vorgemacht, nicht ganz so schnell wie die anderen, die jünger und besser trainiert waren als ich. Das gab mir Selbstvertrauen, ich war bereit, es weiter zu versuchen.

Am dritten Tag gingen wir auf einen normalen Abhang. Ich versuchte, das zu machen, was man mir beigebracht hatte, aber ich schaute zu oft nach unten, das Gefälle machte mir schon jetzt Angst, und dann fuhren die anderen Skifahrer sehr schnell neben mir und an mir vorbei, rechts von mir, links von mir, es hörte einfach nicht auf. Ich geriet wieder in leichte Panik. Christoph sah von weitem, was passierte, kam schnell zu mir her, redete sanft auf mich ein und half mir, den Abhang sicher bis nach unten zu schaffen. Ich war erleichtert, endlich wieder unten zu sein, gesund und wohlbehalten, auf flachem Boden.

Es wurde erneut klar, dieser alpine Sport war nichts für mich. Christoph war enttäuscht, er hatte sich mehr Gemeinsamkeit mit mir bei diesem Sport erhofft, auch was die Zukunft des Winterurlaubs anbelangte. An den darauffolgenden Tagen machte ich etwas anderes als er, ging spazieren, ruhte mich aus; ich liebte die frische Luft, die Sonne auf dem Schnee, den Blick in die Bergwelt. Ich stieß am Abend wieder zur Gruppe. Christoph unterhielt sich angeregt mit seinen Kollegen und den Studierenden. Ich konnte der Unterhaltung nur teilweise folgen, aber die Stimmung gefiel mir. Manchmal sangen sie gemeinsam Volkslieder, das gefiel mir besonders.

Im April musste Christoph beruflich in die Vereinigten Staaten reisen. Er fuhr an einem Karfreitag los, für zwölf Tage. Lisa schlug mir vor, über Ostern zusammen mit den Kindern zu Christophs Eltern mitzukommen. Sie hatte jetzt einen neuen Freund, Markus, wir fuhren in seinem Auto. Die Großeltern versteckten Eier in ihrem Garten, in dem einige Obstbäume und viele Büsche standen, die Kinder hatten Riesenspaß dabei, die Eier zu suchen und zu finden. Ich hatte diesen Brauch nie in einem Garten durchgeführt gesehen, in Hamburg machte das milde österliche Wetter es möglich.

Christoph und ich hatten darüber diskutiert, was ich während seiner Abwesenheit machen könnte. Ich hatte die Idee, nach München zu fahren, ich hatte die Stadt nie wirklich besichtigt, obwohl ich in der Nähe Deutsch gelernt hatte. Ich konnte ein Zimmer in Grafing reservieren, in jenem Vorort bei derselben Dame, die mich während meines Deutschkurses am Goethe-Institut beherbergt hatte.

So fand ich mich wieder in dem kleinen Studierzimmer von damals. Am Mittwochmorgen nahm ich von dort den Regionalzug nach München hinein, im Verkehrsbüro holte ich mir einen Flyer und informierte mich über vegetarische Restaurants. Ich ging zur Oper, um mich nach Stehplätzen zu erkundigen, man hatte mir gesagt, dass das in letzter Minute möglich sei. Nachmittags ging ich in ein Museum, abends in die Oper. Ich fühlte mich frei, hatte Lust auf Entdeckungen. Ich war begeistert von allem, was ich besichtigte und erlebte, dem Stadtzentrum, den historischen Gebäuden, dem prächtigen Inneren der Oper, den Leuten in Abendgarderobe und der Musik, natürlich.

Ich fuhr dieselbe Strecke am Donnerstag und Freitag, entdeckte unter anderem die Markthallen, die deutschen Expressionisten. Freitagmittag, im vegetarischen Restaurant, lernte ich Michèle kennen, eine junge Frau aus der Schweiz. Wir freundeten uns an, sie schlug mir vor, mit ihr nach Lausanne zu kommen, wo sie wohnte. Dort beherbergte sie mich. Dank des ein wenig euphorischen Gefühls von neuer Freiheit, die ich empfand, habe ich mir gesagt, warum nicht, nichts spricht dagegen. Ich akzeptierte. Ich hatte noch nie so etwas gemacht, zu einer gänzlich Unbekannten zu fahren. Woher stammte diese Neugier, diese Sicherheit? Vielleicht von der inneren Ruhe aus der Meditation und von positiven interkulturellen Erfahrungen bisher, seit meinem Aufbruch zu neuen Ufern. Ich hatte keine Angst.

So fuhr ich am Sonnabend mit Michèle im Zug nach Lausanne. Sie nahm mich mit zu Freunden, es war nett, wir aßen und tranken mit ihnen. Es stellte sich heraus, dass der Freund von Michèle nicht wirklich begeistert davon war, dass ich bei ihnen wohnte, also beherbergte mich eine andere Freundin. Ich besichtigte Lausanne, machte einen Boots-ausflug auf dem Genfer See.

Als Christoph und ich uns wiedersahen, musste er mein Zutrauen erneut gewinnen. Obwohl ich meinerseits interessante Sachen erlebt hatte, hatte ich seine Abreise irgendwie als ‚Verlassen werden' empfunden und ich war innerlich auf Distanz gegangen. Ich erlebte das mehrere Male im Laufe der darauffolgenden Jahre, wenn er auf Dienstreise fuhr. Auf ihn hatte seine Abwesenheit nicht dieselbe Wirkung, er kam zurück verliebter denn je.

Es brauchte zwei Tage bis ich bereit war, mich ihm wieder zu öffnen und anzunähern. Eines Nachts redeten wir lange, ich brauchte das. Wir erzählten uns, was wir gemacht hatten, ich merkte, dass er sich für mich freute und über meinen Mut erstaunt war.

Anfang Mai organisierte die Universität für die Studierenden des Deutschkurses einen Ausflug nach Heidelberg. Wir reisten im Autobus. Bei unserer Ankunft herrschte wunderbares Wetter. Ich war eine Zeitlang wie verzaubert, als ich auf dem „Weg der Philosophen" ging, der den wunderbaren Neckarfluss überragte: ich schaute mal auf den Fluss, mal auf die japanischen Kirschbäume, deren rosa Blüten sich gegen den blauen Himmel abhoben. Ich erlebte eine perfekte Zeit, war von der Schönheit dieses Frühlingstages berauscht.

Von Zeit zu Zeit riefen meine Töchter an, es war schön, mit ihnen zu sprechen, den Kontakt zu halten. Aber als Anne-Marie wegen epileptischer Anfälle ins Krankenhaus musste, erfuhr ich es erst eine Woche später. Sie wollten mich nicht beunruhigen.

Mitte Juni organisierten Christoph und seine Kollegen für Studenten und Studentinnen der Linguistik einen Ausflug nach Ostdeutschland, in die DDR. Sie hatten einen ‚geheimen' Auftrag, die Entwicklung der deutschen Sprache zu erkunden, Besonderheiten zu beobachten und die dort üblichen Ausdrücke zu registrieren bzw. aufzuschreiben, die man im Westen so nicht benutzte. Dank meines Studentenstatus konnte ich teilnehmen, aber an der Grenze, klar, war ich mit meinem kanadischen Reisepass die Ausnahme. Die Organisatoren mussten meine Anwesenheit erklären und ich musste eine Einreisegebühr bezahlen.

Wir besuchten mehrere Städte, in jeder Stadt wurde die Gruppe begleitet von einem „Stadtbilderklärer", so hießen sie damals, man wurde von ihnen betreut und überwacht zugleich. Aber an manchen Abenden schafften es die Studierenden, ihresgleichen in den Zimmern der Studentenwohnheime zu treffen, und da fanden die echten Gespräche statt. Ich konnte dem, was passierte, nicht wirklich folgen; wenn sie in der Gruppe sprachen, verstand ich wenig. So entgingen mir sprachliche Differenzen zwischen Ost und West. Aber mir fielen schon genug äußere Unterschiede auf: die Landschaften, die ich vom Zug aus sah, Felder, soweit das Auge reichte, ohne Zäune, wegen der kollektiven Landwirtschaft; Geschäfte, in denen fast nichts im Schaufenster oder in den Regalen lag - welch ein Kontrast zu den Läden Westdeutschlands! Viele Häuserfassaden waren beschädigt, das Innere von Cafés oft auch.

In einigen Städten wurden wir auf der Straße von Leuten angesprochen, die Deutsche Mark haben wollten, aber wir passten auf, lehnten ab. Man beobachtete uns, wir waren davor gewarnt worden, solchen Anfragen nicht nachzugeben.

Ich musste früher nach Osnabrück zurück, um eine Deutschprüfung für ein Zertifikat abzulegen, das für die eventuelle Einschreibung an der Universität notwendig war. Es tat mir leid, den Besuch Berlins dadurch weitgehend zu verpassen, auch den berühmten Übergang an der Berliner Mauer für Ausländer, den Checkpoint Charlie. Ich fuhr mit dem Zug zurück nach Osnabrück. Die Prüfung bestand ich.

Christoph kam zwei Tage später zurück. Er gab seine erste Vorlesung im Semester, hatte viel zu tun. Aber er nahm sich Zeit, um mehrmals mit den Kindern und einem Freund zum Dümmer See zu fahren, auf dem wir segelten und badeten.

Wir hatten mal wieder Streitigkeiten. Einmal, nachdem wir uns gestritten hatten, verließ ich spontan das Haus, wie ich es damals öfter machte. Ich ging durch die Straßen, war unglücklich, es schien mir, als könnte ich nirgendwo hingehen. Ich hatte die Idee, bei einer Freundin unterzukommen, die in unsere Nachbarschaft wohnte. Ich klingelte bei ihr und fragte sie, ob ich bei ihr schlafen dürfte. Sie war überrascht, aber einverstanden. Ich beruhigte mich, so dass ich Christoph anrufen und ihm sagen konnte, dass er sich keine

Sorgen machen sollte, dass ich am nächsten Tag wiederkommen würde. Ich habe wirklich dort übernachtet, aber es hat mir nicht gut getan. Ich hatte wieder eine Distanz geschaffen, die mich schmerzte, das war keine Lösung. Am nächsten Tag ging ich nach Hause, wir redeten und versuchten gegenseitig zu verstehen, wie es dazu gekommen war. Offensichtlich gab es Situationen, in denen wir beide sehr stark reagierten, erst viel später lernten wir, unsere eingefleischten Reaktionsmuster und deren Auslöser zu erkennen und die Probleme gelassener zu lösen.

Um den 20. Juli herum fuhren wir mit dem Auto in den Urlaub. Ich fand die Reise lang und anstrengend wegen der Hitze. Wir fuhren über Genf, wo wir ein befreundetes Ehepaar besuchten, das Christoph kannte, seit er mit Zwanzig in der französischen Schweiz ein Praktikum gemacht hatte. Es war eine große Freude für mich, Französisch zu sprechen. Dann fuhren wir in die Provence. Freunde hatten uns ihr Haus vermietet, ein schmales Haus mit drei Stockwerken, mitten in einem kleinen schönen südlichen Dorf.

Endlich waren wir allein, ohne Verpflichtungen, in der Intimität unseres Urlaubs. Wir richteten uns im Haus ein, lernten die Umgebung schnell kennen. Wir machten Ausflüge, fuhren zum *Mont Ventoux*, besichtigten die Festungsanlagen. Christoph machte ein Foto von mir, wie ich auf der Festungsmauer sitze, meine halblangen Haare durcheinander, ich trug eine Bluse mit tiefem Ausschnitt und einen langen Rock, was mich wie eine Zigeunerin aussehen ließ.

Wir gingen auf trockenen und steinigen Sandwegen, durch ausgedörrte Weinstöcke, in Kiefernwälder hinein. Wir liebten uns in der freien Natur, erotisiert durch das heiße Wetter, die Düfte, den Gesang der Zikaden. Eines Abends, als wir durch die Straßen des Dorfes gingen, überkam es uns, er nahm mich in einem Türdurchgang, es war verrückt und köstlich, hinterher schlotterten mir die Beine, das Gehen fiel mir schwer.

Wir hatten auch Streitereien, die manchmal wie ein Buschfeuer aufloderten. Wir wurden wütend, schrien uns an, genauso intensiv in unserer Aggressivität wie in der Liebe. Danach versuchten wir wiederholt zu verstehen, was geschehen war oder aber unsere Ausbrüche zu begründen bzw. zu rechtfertigen. Wir schrieben uns Briefe, merkten aber bald, dass das nichts brachte. Also ließen wir es wieder, kamen zu uns zurück, zu dem, was uns tief vereinte. Am 8. August fuhren wir wieder Richtung Osnabrück, zwei Tage später kehrte ich nach Montreal zurück.

Ich hatte ein ereignisreiches Jahr erlebt, vielen Reisen und neuen Begegnungen gemacht. Ein intensives Jahr mit ihm, unsere Liebe blieb stark. Die Bewährungsprobe war bestanden. Ich hatte den Eindruck, ich könnte in diesem Land leben. Ich sagte Christoph, dass ich im nächsten Jahr zu ihm ziehen würde, nach der Hochzeit von Pascale, die für Mai geplant war. Wir verabschiedeten uns mit dieser Hoffnung. Aber die Dinge kamen anders.

Konflikte

Ich kehrte in mein Leben in Montreal zurück, zu meiner Arbeit, meiner Familie, meinen Freunden. Es war nicht genau dasselbe wie vorher: ich konnte nicht mehr in meinem Haus wohnen, es war noch für ein Jahr vermietet. Da ich die Absicht hatte, in Deutschland zu leben, war ich der Meinung, dass es keinen Sinn machte, eine Wohnung zu mieten. Also wohnte ich wieder bei Pascale und Daniel, in dem kleinen Zimmer. Mir war bewusst, dass das eng werden und ich sie in ihrer Zweisamkeit als junges Paar stören könnte. Ich tat mein Bestes, um so wenig wie möglich da zu sein, besonders an den Wochenenden.

Oft ging ich sonntags auf den Berg, den *Mont Royal*, der oberhalb der pulsierenden Stadt thront, ging auf den breiten Wegen spazieren, meinen Walkman in der Hand. Christoph und ich schrieben uns nicht mehr, wir schickten uns inzwischen Kassetten. Ich hörte seine Stimme beim Gehen, es war gut, sie zu hören, und dann nahm ich im Gegenzug meinerseits etwas für ihn auf. Ich erzählte ihm, was ich gemacht hatte, wen ich gesehen hatte, die Probleme mit dem Auto, das darunter gelitten hatte, lange nicht bewegt worden zu sein, und wie es in meinem Inneren jetzt aussah. Er erzählte mir auch aus seinem Alltagsleben, über seine Sorgen, seine Freuden. Das war unsere Art, die Entfernung zu überbrücken, so zu tun, als würde man den Alltag noch miteinander teilen.

Ich genoss es, meine Freundinnen, meine Schwester meine Mutter, kurz alle meine Lieben wiederzusehen. Ich sah sie oft. Ich fand Gefallen daran, auf mein Enkelkind aufzupassen. Bevor Geneviève geboren wurde, hätte ich nicht gedacht, dass es mir so viel Freude bereiten würde, mich um sie zu kümmern. Sie rührte mich, beim Spazierengehen sprach ich mit ihr und hatte den Eindruck, dass wir erfolgreich kommunizierten, obwohl sie erst zehn Monate alt war.

Ich ging mit Pascale in verschiedene Läden, um ihr Hochzeitskleid auszuwählen. Ich liebte diese gemeinsame Zeit mit ihr. Sie kaufte ein hübsches, tailliertes Kleid, das ihre zierliche Taille unterstrich, der Ausschnitt war mit Spitzentüll bedeckt und ging bis zum Hals. Statt eines Schleiers hatte sie lieber einen großen weißen Hut bevorzugt, der ihr sehr gut stand.

Ich stellte fest, dass die Endfassung meiner Masterarbeit noch nicht zu Ende getippt war, die Person, die ich damit beauftragt hatte, war nachlässig gewesen und hatte keine sehr überzeugenden Ausreden. Ich bestand darauf, dass sie das Manuskript endlich fertigstellte und legte es der Universität vor.

Sechs Wochen nach meiner Rückkehr aus Deutschland kam Christoph nach Montreal. Ich musste einen Ort finden, an dem ich mit ihm wohnen konnte. Ich fragte herum, es fand sich eine Kollegin, die ein Haus in den Laurentiden besaß, das sie verkaufen wollte, sie vermietete es mir. Wir stießen auf ein rustikales Haus, umgeben von Bäumen. Einmal mehr fanden wir uns in einer Wohnung wieder, die wir nicht kannten und schafften sehr schnell unser eigenes Ambiente. Wir kauften zusammen ein. Er wählte sorgfältig die Weine, er kannte sich aus damit und war immer überrascht über die hohen Preise bei uns. Ich bereitete das Essen vor, er deckte den Tisch, natürlich mit Kerzen.

Wie zwei Jahre zuvor war er begeistert in die Farben des Herbstes eingetaucht, er machte viele Fotos. Wir machten Spaziergänge. Er wäre gern ziellos durch die Wälder gelaufen, aber das war nicht möglich, überall waren Zäune. Das erstaunte ihn. Er erklärte mir, dass die Wälder in Deutschland zugänglich sein müssten, die Eigentümer hätten nicht das Recht, sie zu umzäunen. Ich sagte ihm, dass man bei uns nur in den behüteten Nationalparks in den Wäldern frei herumlaufen konnte.

Christoph blieb tagsüber mehrmals allein im Haus zurück, während ich zur Arbeit nach Montreal fuhr. Er musste Artikel schreiben, damit hatte er gut zu tun, das langweilte ihn nicht. Manchmal fuhren wir gemeinsam nach Montreal, wir besuchten meine Eltern, meine Töchter, meine Schwester. Wir feierten den Geburtstag von Pascale. Er freute sich mit mir, als ich erfuhr, dass meine Masterarbeit angenommen worden war und ich beruflich nun den Titel *Magistra Artium* (M.A.) tragen durfte.

Er kam mit ins Goethe-Institut und traf die Gruppe meines Deutschkurses. Der Lehrer hatte ihn eingeladen, es war eine Gelegenheit für die anderen Studierenden, mit einem Deutschen zu sprechen. Sie fragten ihn, ob er dächte, dass Deutschland eines Tages wiedervereinigt würde. Christoph glaubte, dass das nicht möglich sei, dass die Mentalitäten der beiden Seiten zu unterschiedlich geworden waren. Er sagte sogar, dass er es sich auch nicht unbedingt wünschte, weil er dadurch eine zu große ökonomische und politische Macht-konzentration des wiedervereinigten Deutschlands in Europa befürchtete.

Die 18 Tage vergingen schnell. Er musste wieder weg. Es war immer schwierig, voneinander Abschied zu nehmen, aber wir hatten vereinbart, dass ich zu den Weihnachtsfeiertagen nach Deutschland kommen würde. Daran hielten wir uns fest.

In den darauffolgenden zwei Monaten war ich sehr beschäftigt. Ich besuchte meine Deutschveranstaltungen weiter, und ich begann mit Shiatsu-Kursen, eine ganzheitliche Herangehensweise an die Gesundheit, die eine Art der Massage einschloss.

Meine Mutter wurde am Darm operiert. Sie war 75 Jahre alt. Glücklicherweise verfolgte meine Schwester, die Ärztin war, was geschah, das beruhigte mich. Nach der Operation

125

ging ich sie besuchen, die Ärzte sagten, die OP wäre ein Erfolg gewesen. In ihrem Bett liegend erzählte meine Mutter uns von grünem Schaum in der Luft.

- Was, seht ihr das nicht? sagte sie mit ihrer gewohnten Autorität: *Aber schaut doch, da, alles voll grünem Schaum.*

Zum Glück hörten die Nachwirkungen der Narkose bald auf.

Weihnachten kam näher. Um die Tatsache auszugleichen, dass ich während der Feiertage nicht da sein würde, besuchte ich vor meiner Abreise Anne-Marie und Ricky, dann meine Eltern, und ich machte ein besonderes Essen für Pascale und Daniel.

Ich kam schon am 20. Dezember in Osnabrück an, mitten in die Weihnachtsvorbereitungen hinein, wie sie bereits im Vorjahr gemacht hatte: die Deko an den Fenstern und auf den Tischen, den Adventskranz mit seinen vier Kerzen, eine für jeden Sonntag. Auf dem kleinen Küchentisch hatte er wieder die Pyramide aufgestellt, ein typisch deutscher Gegenstand, ein sich drehender Holzteller, dessen Figuren so aussehen, als würden sie hintereinander herlaufen: ein Jäger, ein Reh, eine Frau, die ein Bündel Reisig trägt. Die Holzteller drehten sich durch die Wärme der kleinen Kerzen, die unter den Pyramidenflügeln standen.

Wie im letzten Jahr feierten wir Weihnachten mit Lisa und ihrem neuen Partner sowie den Kindern. Für sie ist Weihnachten am 24. Dezember, sie nennen es „Heiligabend". Christoph und ich gingen nachmittags mit den Kindern in die Kirche zu einem Gottesdienst um vier Uhr, ihre Mutter blieb zuhause, um das Essen vorzubereiten. Wir aßen gemeinsam zu sechst, mit Marcus. Sie gab ihr Bestes, um eine schöne, heile Stimmung zu schaffen, wir auch, wir konzentrierten uns auf die Kinder und die Verteilung der Geschenke. Aber ich fühlte mich nicht wirklich wohl. Natürlich spielten wir alle eine Rolle. Ich wusste, dass Lisa das für die Kinder tat. Ich spürte den guten Willen von allen, aber mir war die Anspannung bewusst, besonders zwischen ihr und Christoph. Nach dem Abend war ich froh, in die Wärme unseres eigenen Nestes zurückzukehren. Am nächsten Morgen fühlte ich mich glücklich, in Frieden.

Ich blieb fünf Wochen. Während dieser Zeit sahen wir fast alle Freunde wieder, die ich inzwischen kennengelernt hatte. Sie empfingen mich herzlich, trotzdem fand ich es immer noch schwierig mich mit ihnen zu unterhalten. Ich hatte Fortschritte gemacht, aber es blieb anstrengend, stundenlang Deutsch zu sprechen. Manchmal verstand ich nicht, was sie sagten, aber ich fragte selten nach, nur wenn ich den Eindruck hatte, dass es sehr wichtig war. Ich hatte versucht, Englisch zu sprechen, hatte aber gemerkt, dass die meisten unserer Freunde sich dabei ihrerseits schwer taten und nicht wohl fühlten.

Und dennoch: Mehrmals, etwa nach einem Abend bei Freunden, sagte ich Christoph, dass ich nicht mehr könne, ich wollte kein einziges Wort Deutsch mehr hören. Ich ging zum Englischen über, das war die Sprache, die wir von Anfang an als gemeinsame gesprochen hatten, die uns gleich oder ebenbürtig gemacht hat, die ging einfach und schnell, war nicht so anstrengend. Das entspannte mich.

Wir fuhren zu seinen Eltern nach Hamburg. Ich feierte meinen Geburtstag mit ihm, bevor ich wieder abreiste. Zurück in Montreal beauftragte ich meinen Immobilienmakler mit dem Verkauf meines Hauses. Ich hatte darüber mit Christoph gesprochen, er hätte es lieber gesehen, wenn ich als Verankerung in Kanada behalten hätte: seiner Ansicht nach verkauft man ein Haus nicht. Aber ich fand, dass Deutschland zu weit weg war, um sich um ein Haus in Québec zu kümmern, und der Gewinn, den ich durch den Verkauf erzielen würde, würde mir eine Finanzreserve geben, eine Sicherheit und finanzielle Unabhängigkeit, an der mir sehr lag.

Der Makler brachte mich mit interessierten Paaren zusammen. Ein potentieller Käufer legte mir eine detaillierte Liste vor mit allen Mängeln des Hauses und all dem, was verbessert werden müsste. Das ärgerte mich. Ich nahm sein Angebot nicht an, obwohl es etwas höher lag als das, was ich dann schließlich akzeptierte. Der Kaufvertrag sollte im Juli unterzeichnet werden.

Genau einen Monat nach meiner Rückkehr nach Montreal kam Christoph und fuhr gleich weiter nach Kalifornien, wo er an drei Kongressen teilnehmen wollte. Ich folgte ihm einige Tage später. Ich flog nach San Francisco, dort traf ich Marc, einen Freund meines Sohnes, mit dem er zwei Jahre zuvor weggegangen war. Er war Musiker und wohnte in einer Art Kommune, in der ich übernachten konnte. Er erzählte mir ein wenig von der Zeit, die er mit meinem Sohn verbracht hatte, der inzwischen in Honolulu lebte. Dann fuhr ich mit dem Autobus zu Christoph nach Monterey, Christoph hatte mir gut erklärt, wo ich hin musste, welchen Bus ich nehmen sollte. Er muss ein wenig in Sorge gewesen sein: denn als er mich sah, freute er sich sehr. Wir mieteten ein Auto und fuhren zusammen die kalifornische Steilküste von *Big Sur* entlang, immer nach Süden gen Hollywood, es war wunderschön. In Los Angeles nahmen wir am Kongress teil, dann flogen wir nach Honolulu.

Wir trafen meinen Sohn, er hatte abgenommen. Er hatte seine Arbeit als Kellner in einem schicken Restaurant verloren, deshalb hatte er der Erfahrung wegen und um zu sparen einen Monat lang gefastet. Er holte uns vom Flughafen ab mit einem Auto, das ihm eine Freundin geliehen hatte, dann ging ich mit ihm in einem Naturkostladen einkaufen. Die Sonne war herrlich, es tat mir leid, mich drinnen aufhalten zu müssen. Ich sagte ihm, dass ich eigentlich lieber erst an den Strand gehen und die Sonne genießen würde und erst danach einkaufen, wenn das Wetter schlecht war. Mein Sohn versicherte mir, dass in Honolulu die Sonne immer schien. Wir machten einen Großeinkauf, den ich natürlich bezahlte, dann fuhren wir zu ihm und er aß und aß und aß, ich konnte es kaum glauben, welche Mengen an Nahrung er aufnehmen konnte.

Christoph und ich schliefen in dem Zimmer, das mein Sohn in einer Art Kommune belegte, er verbrachte derweil die Nacht bei einer Freundin. Sein Zimmer war perfekt aufgeräumt, sogar die Handtücher waren tadellos gefaltet. Was für eine Veränderung! Als er fünfzehn war, ließ er immer alles in seinem Zimmer herumliegen, die Kleidung häufte sich auf dem Fußboden. Ich hatte ihm damals, gesagt:

- Ich glaube, du hast noch nicht das Bedürfnis nach Ordnung für dich entdeckt.

Er hatte mir offen gesagt, dass er dieses Bedürfnis in der Tat nicht kannte. Sechs Jahre später hatte er es offensichtlich entdeckt.

Wir besuchten einen Kollegen von Christoph von der Universität Hawaii. Seine Frau und er wohnten in einem rustikalen Haus am Meer mit einem Garten voll von tropischen Pflanzen. Er hatte sich eine Hütte in eine Baumgabel gebaut, um sich dort zum Arbeiten zurückzuziehen, es sah idyllisch aus.

Eines Abends traf Christoph sich mit einer Gruppe von Kollegen. Sie sprachen über Professoren, die an unterschiedlichen Universitäten arbeiteten, sie erwähn-ten ihre Namen, ihre Leistungen, ihre Macken und Defizite. Ich hatte den Eindruck, dass Christoph beweisen musste, dass er wichtige Personen in diesem Bereich kannte und dass er selbst durchgängig kritisches Urteil besitzt. Mich haben sie dabei vollständig ignoriert. Ich fühlte mich sehr unglücklich, ich bedauerte, mitgekommen zu sein.

Wir besichtigten die Insel, bewunderten die tropische Vegetation. Wir gingen mit Freunden von ihm in ein thailändisches Restaurant, das mein Sohn sehr liebte. Ich meditierte wenig während dieser Reise. Es fiel mir schwer, den richtigen Augenblick zu finden. Die Meditation fehlte mir. Ich war weniger zentriert, weniger im Einklang mit mir.

Während der Rückreise fand ich Christoph angespannt, leicht ungeduldig. Vor allem im Flugzeug, wenn ihm sein Sitzplatz nicht passte oder wenn es Wartezeiten gab, die er nicht mochte. Wir hatten mehrere Streitereien, die wir versuchten, irgendwie beizulegen, ich weiß gar nicht mehr genau wie.

In Montreal wohnten wir dieses Mal in einer Wohnung in Outremont, die ich von dem Ex-Mann einer Kollegin gemietet hatte. Ich war froh, dort einen Platz zum Übernachten gefunden zu haben. Am ersten Morgen wollte ich unser Frühstück machen, ich legte die Brotscheiben in einen kleinen Toast-Ofen, den ich natürlich noch nie benutzt hatte. Das Brot verbrannte. Christoph platzte:

- *Was hast du gemacht? Konntest du nicht aufpassen? Es wird tagelang in der Wohnung nach Verbranntem riechen, wir werden diesen Geruch nicht mehr loswerden.*

Ich war außer mir wegen seiner unverschämten Aggressivität, wurde auch wütend, wir hatten einen schrecklichen Streit. Wir versöhnten uns zwar wieder, aber es gab noch andere Vorfälle. Ich fand, dass er mir oft die Schuld gab, sobald etwas nicht so lief, wie er es wollte.

Der Moment kam, in dem ich dachte, dass es nicht so weitergehen konnte, dass wir Hilfe nötig hätten. Ich schlug vor, zu Denise zu gehen, einer Therapeutin, die ich in der Vergangenheit konsultiert hatte. Ich schätzte ihre pragmatische Herangehensweise, ihre Weisheit. Christoph war einverstanden.

Wir fingen an, ihr zu erklären, was zwischen uns nicht lief. Christoph war betroffen davon, dass ich von ihm in seiner Gegenwart in der dritten Person sprach, er fand das sehr seltsam. Sie hat uns vor allem zugehört. Sie schlug uns vor, dass wir besser auf unsere Emotionen achten und uns bewusst machen sollten, was den Zank auslöste.

Nachdem wir sie verlassen hatten, gingen wir durch die Straßen des Viertels, die von Bäumen umsäumt waren. Es war Anfang April, das Wetter war relativ mild, ich fühlte den Frühling nahen. Hand in Hand versuchten wir, auf das zurückzufallen, was uns zutiefst verband und was wir beschlossen hatten, nämlich die richtigen Strategien für Konfliktlösung zu finden. Plötzlich hielt er an, nahm mich in seine Arme:

- Hör mal, mach dir keine Gedanken. Wir werden es schaffen. Wir lieben uns, wir werden das überwinden können.

Ich schmolz dahin, ich wollte es glauben. Er küsste mich, ich erwiderte seinen Kuss. Erneut fühlte ich den Strom der Energie zwischen uns, die uns zusammenhielt. Wir gingen nach Hause, liebten uns, in der Vereinigung fanden wir den tiefen Einklang wieder, der über Worte hinausging, den wir immer zwischen uns gehabt hatten.

Wir hatten weitere Streitigkeiten, versuchten, darüber Gespräche zu führen, uns über unsere Unterschiede klarer zu werden. Wir gingen ein zweites Mal zu Denise. Er reiste Mitte April ab. Eines Morgens, drei Wochen später, arbeitete ich am Schreibtisch, als mich plötzlich ein Gedanke überfiel:

Aber was mache ich denn da? Bin ich verrückt oder was? Ich will alles hinter mir lassen, um mit einem Mann zu leben, mit dem ich mich so sehr streite, dass ich fremden Rat suchen muss. Geht's noch?

Diese Spannungen zwischen uns änderten alles. Was würde passieren, wenn ich feststellte, dass ich nicht mit ihm leben konnte? Ich würde nach Montreal zurückkehren und hätte keine Arbeit mehr, nichts. Ich bekam Angst. Ich wollte diesen Riesenschritt unter solchen Bedingungen nicht machen.

Ich traf für mich auf der Stelle die Entscheidung, doch nicht nach Deutschland zu ziehen, und ich fuhr auch tatsächlich nicht. Ich dachte nicht einmal daran, mit Christoph darüber zu sprechen. Natürlich würde ihm das nicht gefallen. Ich wollte sofort handeln, Maßnahmen ergreifen, vielleicht um nicht in Versuchung zu geraten, davon wieder abzurücken. Das erste, was ich machen musste, war eine Wohnung für mich zu finden.

Es war Mai, zu der Zeit gab es viele Zeitungsanzeigen mit Wohnungen, die zu vermieten waren. Ich nahm eine der Zeitungen in dir Hand, begann zu suchen. Ich hatte dieses Mal Lust, in Outremont zu wohnen, wo mir die Atmosphäre so gefiel. Ich fand eine Anzeige, die mir passend erschien, am selben Tag besichtigte ich die Wohnung. Sie sagte mir zu. Die Concierge glaubte, dass der Eigentümer sie bereits vermietet hatte, sie wollte mir Bescheid geben. Sie zeigte mir eine andere Wohnung, größer und teurer. Ich zögerte. Am nächsten Tag rief ich sie an, die erste Wohnung, die ich besichtigt hatte, war doch frei, ich konnte sie mieten. Was ich auch umgehend tat.

Ich hatte mich sehr schnell entschieden. Ich dachte an das, was Christoph mir gesagt hätte, dass man eigentlich vergleichen muss. Deshalb ging ich noch andere Wohnungen besichtigen, aber keine gefiel mir so wie diese, die ich schon genommen hatte. Das Schwerste stand mir noch bevor: Christoph zu sagen, dass ich nicht kommen würde, zumindest nicht sofort, um mit ihm zu leben.

Auf keinen Fall

Ich fürchtete mich vor der Reaktion von Christoph, wenn ich ihm meine Entscheidung mitteilen würde. Einige Tage später, an einem Sonntag, nahm ich allen Mut zusammen und rief ihn aus Montreal an. Wie erwartet reagierte er sehr heftig.

- Aber wieso, wir waren uns doch einig, es war doch alles klar, dass du kommen würdest. Du lässt mich im Stich!

Ich war wie erstarrt am Telefon, wusste nicht, was ich hinzufügen sollte. Er war zutiefst enttäuscht, war verärgert, verstand nichts. Ich konnte ihm meine Ängste nicht erklären, bat ihn aber auch nicht um mehr Zeit. Wir legten auf, ein wenig später rief er wieder an, fragte mich, ob ich es mir nicht noch einmal überlegen könnte. Mein Verhalten kam ihm vor wie eine Trennung. Er war erschüttert. Er hatte sein Leben verändert, damit ich kommen konnte, und nun kam ich nicht.

Einige Tage später, auf dem Weg nach Frankfurt, wo er ein Flugzeug nach Israel nehmen wollte, hatte er einen Unfall: sein Auto fuhr gegen die Leitplanke der sechsspurigen Autobahn und schlug dann zurück über alle Fahrbahnen, blieb schließlich auf der Seitenspur am rechten Rand stehen. Zum Glück war es vier oder fünf Uhr morgens, es war wenig Verkehr auf der Straße. Er wurde nicht verletzt, nach den Untersuchungen im Krankenhaus konnte er einen Tag später als vorgesehen in sein Flugzeug nach Tel Aviv steigen.

Das erfuhr ich durch eine lakonische Notiz, die er mir zukommen ließ. Dann schrieb er nicht mehr noch schickte er mir irgendwelche Kassetten. Ich hatte unsere Beziehung nicht beenden wollen. Also wartete ich, hoffte, dass seine Wut verrauchen würde. Ich schrieb auch meinerseits nicht, ich fühlte mich ohnmächtig. Um die Leere zu überwinden, stürzte ich mich in meine Arbeit, in die Hochzeitsvorbereitungen für Pascale, besuchte meine Schwester, Anne-Marie und ihrer

Familie. Ich nahm Tai Chi-Unterricht, das hatten mir Freunde sehr empfohlen.

Ich ging mehrere Male zu Denise, die Therapeutin. Mit ihr konnte ich über meine Ängste sprechen, sie half mir zu verstehen, was in mir vorging, sie gab mir Anhaltspunkte, um die Situation zu analysieren und zu meistern.

Die Hochzeit meiner Tochter war am 31. Mai. Am nächsten Morgen brachten Bernard und ich die Frischvermählten zum Flughafen. Nach ihrer Abreise begann ich, meinen Aus- und Umzug zu planen. Dann kam die Übergabe der Diplome, ich bekam mein Master-Abschlusszeugnis.

Eines Tages war ich in der Werkstatt, wo ich mein Auto reparieren ließ, einen zehn Jahre alten Golf, der mir in letzter Zeit viele Probleme verursacht hatte. Der Mechaniker zeigte mir einen Audi und sagte, er sei in viel besserem Zustand als meiner, und dass er zu verkaufen sei. Da ich nun in Montreal blieb, brauchte ich ein Auto. Ich sprach sofort mit dem Eigentümer, am nächsten Morgen kaufte ich den Wagen. Alles ging Schlag auf Schlag.

Am 30. Juni unterzeichnete ich beim Notar den Vertrag zum Verkauf des Hauses. Am 7. Juli zog ich in meine neue Wohnung ein. Ich hatte eine Umzugsfirma beauftragt. Als sie wieder weg waren, fühlte ich die Spannung weichen, die die ganze Zeit in mir gewesen war. Es war vollbracht. In meinem neuen Wohnzimmer sitzend betrachtete ich die Kartons um mich herum. Ich fühlte mich allein. Unterschwellig war mir zum Weinen. Hatte ich das Richtige getan, als ich diese Entscheidung traf und mir eine neue Wohnung mietete?

Es klingelte. Es war Bernard. Er hatte sich gedacht, dass es schwierig sein würde für mich, dieser Moment nach dem Umzug. Er schlug mir vor, mich zum Essen ins Restaurant auszuführen. Ich war dankbar, gerührt, dass er an mich gedacht hatte. Bevor wir gingen, meditierten wir zusammen, das war gut, ich fühlte mich ruhiger.

Ich sah Christoph dennoch einen Monat später wieder. Er hatte mich im Juni angerufen, als ich noch bei meiner Tochter wohnte. Es war ein Sonntagmorgen, die Sonne kam durch das Fenster meines Zimmers, es war schönes Wetter. Als das Telefon klingelte, hatte ich mich vor Überraschung unsanft auf die Bettkante gesetzt, ich war bewegt. Er sagte mir, dass ich ihm fehle, dass er mich gern sehen würde. Ich antwortete, dass er mir ebenfalls fehlte. Ich wäre bereit, urlaubshalber nach Deutschland zu kommen, wenn er wollte. Ja, das wollte er. Für Juli war er verplant für eine Dienstreise nach Ungarn, also einigten wir uns darauf, dass ich im August nach Deutschland kommen würde.

Er holte mich in Osnabrück vom Bahnhof ab. Wir hatten uns seit vier Monaten nicht gesehen. Als ich ihn auf dem Bahnsteig sah, musste ich mich erst wieder an sein Aussehen, sein Gesicht, seine Stimme gewöhnen. Er nahm mich in die Arme, und es war bald wie vorher, wie immer, ich erkannte ihn von innen her. Zuhause küssten wir uns, ich fühlte erneut die Verzauberung.

Am Abend, nach dem Essen, sagte er mir, wie enttäuscht er sei. Er war traurig, dass ich beschlossen hatte, nicht mit ihm leben zu wollen. Er verstand es nicht, er sah nur eines: die Stärke unserer Liebe; für ihn waren die Streitereien, die wir gehabt hatten, nicht so bedeutsam, er vergaß schneller als ich. Ich hörte zu, sagte nur, dass ich es nicht gekonnt hatte, so zu tun, als sei alles in Ordnung. Ich fühlte mich nicht in der Lage, ihm meine Ängste genauer zu erklären, mein Bewusstsein vom Risiko, das ich einging. Ich bat ihn wiederum auch nicht, mir mehr Zeit zu lassen, ich wollte nichts versprechen. Ich konnte es nicht.

Er hatte noch Aufsätze abzuschließen, bevor wir in den Urlaub fahren konnten. In den ersten beiden Wochen verbrachte er seine Tage und einen Teil seiner Abende deshalb mit Arbeiten am Schreibtisch. Das Wetter war gut, ich hatte keine Lust, drinnen zu bleiben. Ich ging mehrmals ins Freibad in der Nähe unserer Wohnung, manchmal mit meiner Freundin aus Toronto, manchmal allein. Ich fand das ein wenig seltsam, allein im Freibad zu sitzen, in der Hitze des Sommers. War es richtig gewesen, für ganze fünf Wochen hier herzukommen? Ich begann zu fühlen, dass er versuchte, sich von mir zu lösen.

Wir sahen seine Kinder, wir segelten in seinem wunderschönen Holzboot auf dem großen See und stritten doch wieder. Wenn wir uns um konkrete Dinge kümmerten wie etwa die Küche aufräumen, Möbel verrücken oder etwas reparieren, machte ich oft die Dinge nicht so, wie er es wollte, oder ich verstand einfach nicht, was er von mir erwartete. Es genügte ein bestimmter ungeduldiger Tonfall in seiner Stimme, den ich nicht ertragen konnte, ein Tonfall, der mich dumm erscheinen ließ, und ich ärgerte mich dann darüber, er ärgerte sich auch, wir stritten uns erneut.

Wir versöhnten uns zwar immer wieder, inzwischen schneller als früher, und wenn ich mich in seinen Armen wiederfand, bekam ich wieder Zutrauen zu ihm und ließ mich fallen, ohne Vorbehalte.

Reise nach Spanien

Zwei Wochen nach meiner Ankunft in Osnabrück, fuhren wir mit dem Auto nach Süden los, er hatte in Nordspanien ein Haus von einem Kollegen gemietet. Das Haus befand sich in dem Vorort einer Hafenstadt Namen Vinaròs, an der Ostküste Spaniens, irgendwo zwischen Barcelona und Valencia. Nachdem wir in dem Haus angekommen waren, war Christoph sehr unruhig: er befürchtete, dass sein Auto, ein schnittiger alter BMW, fast eine Antiquität, Diebe anlocken könnte, dass es gestohlen werden könnte. Oft wachte er mitten in der Nacht auf, wenn er meinte, Lärm gehört zu haben. Er fand schließlich eine Garage, danach wurde er ruhiger.

Wir machten Ausflüge in die Umgebung, entdeckten Dörfer am Hang, Felder mit Olivenbäumen und Trockenkräutern, weiter oben alte Finkas und ein Kloster. Es war sehr heiß. Meistens allerdings blieben wir zuhause und ruhten uns im Garten unter Stechpalmen aus; am Nachmittag suchten wir Zuflucht in der Kühle des Hauses oder in der nahe gelegenen Bucht, die wie eine Badewanne lauwarmes Wasser hatte.

Um ans offene Meer zu gelangen, musste man das Auto nehmen. Ich konnte es kaum erwarten richtig zu baden. Eines Tages beschlossen wir, endlich an den Strand zu fahren. Wir packten in das Auto, was wir dafür brauchten, unter anderem einen gefüllten Picknickkorb und einen Sonnenschirm, auf dem ich bestanden hatte. In jener Zeit liebte Christoph es noch, sich der Sonne voll auszusetzen, ich dagegen brauchte Schatten.

Nachdem Christoph am Kieselstrand die beste Stelle ausgemacht hatte, wo wir uns niederlassen konnten, nahmen wir auf der rechten Seite Platz. Ich war glücklich, es war schönes Wetter, die Sonne strahlte, das Meer streckte die Arme nach mir aus, ich hatte ein Gefühl von Glück und Freiheit.

Ich ließ mich lachend auf die Luftmatratze fallen. Ich habe nicht bemerkt, dass die Luft daraus schnell entwich. Christoph explodierte:

- *Das kannst du doch nicht machen. Man kann sich auf einem Kieselstrand nicht so fallen lassen. Die Steine sind scharf, man muss sich vorsichtig hinsetzen. Jetzt ist es passiert, die Matratze hat Löcher und ich habe nichts, um sie zu reparieren.*

Seine dramatische, bissige Stimme traf mich wie ein Dolchstoß. Ich konnte es nicht ertragen, diesen vorwurfsvollen Tonfall zu hören. Ich ging weg, ich rannte fast, ich ging auf die andere Seite des Strandes, wo Felsen waren. Ich setzte mich auf einen der großen Steine und weinte, total unglücklich. Ich verstand nicht: er, der sagte, er liebe mich, wie konnte er so mit mir reden? Verzweifelt wollte ich flüchten, nicht mehr mit ihm zusammen sein. In meiner Panik versuchte ich mir vorzustellen, wie ich allein nach Kanada verschwinden könnte; es war unmöglich, in diesem Land war ich total von ihm abhängig.

Er kam zu mir, sagte mir, dass er mich nicht hatte verletzten wollen; es stimmte, dass er zu heftig reagiert hätte, es täte ihm leid. Er nahm mich in die Arme. Ich akzeptierte seine Umarmung. Aber ich brauchte mehrere Stunden, um mich wieder wie vor dem Vorfall zu fühlen, um meine Liebe für ihn wiederzufinden. Ich war innerlich abermals auf Distanz gegangen.

Ich wusste nur zu gut, dass meine eigene Reaktion mit einem Vorfall aus meiner frühen Kindheit zusammenhing. Ich war knapp zwei Jahre alt, war auf den Kamin oder genauer auf die Kaminattrappe im Wohnzimmer geklettert und hatte die Uhr vom Sims herunterfallen lassen. Ich hatte gesagt: *Tick-Tack kaputt*. Meine Mutter erzählte es mir später. Sie war furchtbar wütend geworden, ich erinnere mich zugleich vage und lebhaft an die Intensität ihrer Stimme, den Ausdruck auf ihrem Gesicht. Ich hatte mich gefühlt wie zerstört, zunichte gemacht.

Es konnte mir noch so sehr bewusst sein, dass ich diesen Vorfall immer wieder durchlebte, wenn Christoph mir Vorwürfe machte: es löste das Problem nicht wirklich. Aber es half mir immerhin zu sehen, dass auch ich einen Teil der Verantwortung für unsere Verhakelung mittrug: er reagierte zu heftig, fast unbeherrscht, ich aber auch.

Schließlich bekam ich es hin zuzugeben, dass er eigentlich Recht gehabt hatte und dass man sich vorsichtig auf eine Luftmatratze setzen sollte, besonders bei diesem steinigen Untergrund. Das war ein psychologischer Fortschritt für mich, normalerweise hatte ich große Schwierigkeiten, einen Fehler einzusehen und ihn dann sogar noch einzugestehen.

Gegen Ende unseres Aufenthaltes in Spanien sagte er mir, dass er mit mir zu reden hatte. Er ließ mich auf die Couch setzen, blickte mich ernst an:

- Das kann so nicht weitergehen. Ich will nicht allein leben, dafür bin ich nicht geschaffen. Aber ich möchte dich auch nicht verlieren. Also schlage ich vor, dass wir unsere Beziehung verändern, dass sie zu einer Freundschaft wird. Ich will, dass du weißt, dass ich aktiv eine andere Frau suchen werde.

Er sprach mit ruhigem, aber ernsthaftem Ton. Ich hörte, was er sagte, spürte, dass er ehrlich mit mir sein wollte. Ich fühlte keinen Stich ins Herz, fühlte keinen Schmerz. War ich zu sicher durch unsere Liebe, durch die gemeinsamen Wochen? Später habe ich versucht zu verstehen, warum ich nicht in Panik geriet. Ich kam zu dem Schluss, dass meine Seele es einfach nicht hatte glauben wollen. Eine andere Frau, das war abstrakt. Seine Präsenz, seine Liebe nahmen hier und jetzt den ganzen Platz in mir ein. Ich wusste damals nicht, dass er in Ungarn eine Frau kennengelernt hatte und ihr nahe gekommen war, sie muss mir ein wenig geähnelt haben.

Nach drei Wochen in Spanien fuhren wir in Etappen nach Deutschland zurück. Auf dem Weg verbrachten wir einige Tage in Cadaquès, einem charmanten Dorf am Meer, nördlich von Barcelona an der Costa Brava. Wir bewunderten die bezaubernde Landschaft, besuchten das Museum des Salvator Dali und aßen in Fischrestaurants. In Frankreich hielten wir im Elsass an. Christoph wollte mir die malerischen Dörfer entlang der Vogesen zeigen. Er kaufte Wein. So kamen wir vollbepackt in Osnabrück an. Ich flog Mitte September nach Montreal zurück.

Zurück in Montreal

Ich nahm meine Gespräche mit Denise wieder auf. Als hätte er mir nichts von seiner fortgesetzten Suche nach einer Frau gesagt, fragte ich mich weiterhin, ob ich in Deutschland leben sollte. Einmal rief Christoph mich noch an, danach tauschten wir keine Nachrichten mehr aus. Der Oktober verging. Dann am 5. November, sein Anruf:

- Ich kann nicht mehr. Ich liebe dich, du fehlst mir. Ich muss wissen, wie es dir geht, erzähl mir von dir!

Er gestand, dass er in jeder Frau, die er traf, mich suchte, dass ich in seinem Herzen eingepflanzt sei und dass er mich nicht so einfach rausreißen könnte.

Ich war bewegt durch seine klare Liebesbezeugung. Er suchte eigentlich keine andere Frau mehr, *ich* war es, die er wollte. Ich brauchte den Kontakt ebenso, sehnte mich nach ihm und fand die Entfernung schrecklich, die uns trennte. So schlug ich ihm vor, für die Weihnachtszeit nach Deutschland zu kommen, er reagierte mit Freude. Er wünschte sich, dass ich so früh wie möglich komme, er würde mich mit offenen Armen empfangen.

Ende November kam eine Kassette an, die er zwischen dem 3. und dem 20. November aufgenommen hatte, und ich konnte ahnen, was in ihm vorgegangen war, zwischen diesen zwei Daten. Am 3. November drückte er sein Unverständnis darüber aus, wieso ich beschlossen hatte, nicht zu kommen: wie könnte ich ohne ihn leben, so weit von ihm entfernt. Seit dem Treffen bei Denise, wo ich vor ihm in seiner Gegenwart über ihn gesprochen hatte, hatte er den Eindruck, dass ich mich ein wenig egozentrisch auf mich konzentrierte anstatt auf unsere gemeinsame Liebe. Er sprach von seiner Verzweiflung, die das ausgelöst hatte, von seiner mangelnden Energie.

Am 20. November dann sagte er, aufgrund unserer Entscheidung, sich an den Weihnachtsfeiertagen zu sehen, sei er ruhiger geworden, hätte wieder zu seiner alten Kraft zurückgefunden. Er hatte ein Gespräch gehabt mit einem befreundeten Ehepaar. Die Frau hätte ihren Wunsch nach einem beruflichen Wiedereinstieg geäußert, sie beneidete ihren Ehemann, der Professor für Soziologie war, für die Erfüllung, die er in seinem Beruf fand. Das hatte meinen Wunsch, an der beruflichen Tätigkeit festzuhalten, für Christoph verständlicher gemacht. Am Ende der Kassette sah er ein, dass ich, wenn ich keine eigene Arbeit finden würde, nicht glücklich mit ihm leben konnte. Er war zuversichtlich, dass wir dann verständnis- und liebevoll auseinandergehen könnten. Ihm war bewusster geworden, dass ich meinerseits mehr als er investieren würde, um unser gemeinsames Leben möglich zu machen.

Ich war froh über seinen Realismus und sein Verständnis für meine Situation. Ich schaffte es, ein Flugticket für Weihnachten zu bekommen und sogar einen frühen Abflug zu organisieren. Ich kam am 13. Dezember in Deutschland an, blieb dort bis zum 9. Januar.

Während dieser Wochen fragten wir uns des Öfteren, wie es weitergehen könnte. Ich hatte mir Überlegungen gemacht, wie es sein würde, wenn ich nach Deutschland ziehen und mit ihm zusammenleben würde. Dabei war mir bewusst geworden, dass das, was mir Angst machte, das Definitive war. Wenn ich meine Arbeit ein für alle Mal aufgab, konnte ich nicht mehr zurück. So hatte ich die Idee, meine Entscheidung hinauszuzögern, indem ich erneut um unbezahlten Urlaub bitten würde, um noch einmal zu versuchen, mit ihm ein Alltagleben zu führen und mir eine berufliche Tätigkeit in Deutschland aufzubauen. Ich wusste nicht, ob man mir eine weitere Auszeit gewähren würde, aber ich schlug vor, es zu versuchen. Christoph war einverstanden.

Sobald ich in Montreal zurück war, stellte ich einen offiziellen Antrag auf ein weiteres Sabbatjahr, er wurde genehmigt. Ich konnte meine Wohnung untervermieten, zusammen mit den Möbeln, an eine junge Frau. Das alles geschah sehr schnell. Ende Februar verließ ich Montreal wieder, um abermals für ein Jahr nach Osnabrück zu ziehen und dort mit ihm zu leben.

Noch 'ne Runde

Das Semester an der Universität war Anfang März zu Ende. Christoph hatte keine Vorlesungen mehr. Wir besuchten kurz Lisa und die Kinder und ein befreundetes Paar, dann fuhren wir in den Winterurlaub. Christoph hatte auf seinen Alpin-Ski verzichtet, da ich ihn nicht beherrschte; er hatte Langlauf-Skiferien in Norwegen gebucht, zusammen mit einer Gruppe von Studierenden der Universität Oldenburg.

Wir liefen Ski zu zweit, auf einer riesigen, verschneiten Hochebene nahe Lillehammer. Halb Norwegen läuft Ski im Winter. Die Silhouette der nackten Bäume hob sich vom Schnee ab, die Sonne strahlte extrem am sehr blauen Himmel. Ich liebte die kristallklare Luft, die ausgedehnte Weite, ich fand mit Freuden zu den gleitenden Bewegungen auf den Skiern zurück, es war leicht, in den bereits vorgezeichneten Loipen voranzukommen.

Christoph war in der Loipe davongepprescht, hatte mich weit hinter sich gelassen. Ich war keine sehr leistungsstarke Skifahrerin, eher romantisch veranlagt, ich liebte es, Pausen zu machen und zwischendurch die Landschaft zu bewundern. Er kam wieder zu mir zurück, völlig begeistert.

- Ist es nicht wunderbar, dieser Schnee, diese Sonne, diese Weite?

Er küsste mich von wegen der aufzutankenden Energie, sagte er, und dann fuhr er wieder los. Mehrere Male kam er zurück zu mir, um dann wieder zu entfliehen.

Wir kamen regelmäßig am späten Nachmittag zu der Gruppe im Chalet zurück, bereiteten die Mahlzeiten gemeinsam zu. Christoph beteiligte sich gern an den Gesprächen: er war es gewohnt unter Leuten zu sein und sich auszutauschen, während seines Studiums hatte er immer in einer Wohngemeinschaft gelebt. Ich passte mich an, so gut ich konnte, ich wünschte mir mehr Zeit für Intimität mit ihm. Mehrmals sind die anderen abends weggegangen und wir konnten endlich allein sein.

Zurück in Osnabrück widmete ich mich meinem Ziel, ein Projekt zu finden, das mich aktiv werden ließ, mir vielleicht sogar berufliche Perspektiven bot. Das war es, was mir fehlte, was unsere Situation ungleich machte. Christoph war sehr mit seiner Arbeit beschäftigt, er begeisterte sich für seine Lehre und seine Forschung, schrieb wissenschaftliche Beiträge, fuhr zu Kongressen. Ich hatte weniger Beschäftigungen um die Ohren, das machte mich abhängiger von der Zeit, die ich mit ihm verbrachte.

Christoph schlug vor, dass ich eine Doktorarbeit beginnen und promovieren sollte, er sagte mir, wie angesehen es in Deutschland sei, diesen Titel vor seinem Namen zu tragen. Er meinte, dass ich als mögliches Thema die Situation von Immigrantinnen in Deutschland und Kanada bearbeiten könnte, da es das war, was ich selbst durchlebte. Ich versuchte darüber nachzudenken, hatte Sondierungsgespräche mit einer amerikanischen Professorin an der Uni Osnabrück, die mit Frauenstudien befasst war. Mit ihr könnte ich meine Doktorarbeit auch auf Englisch schreiben.

Ich begann, Aufsätze zu lesen. Aber es war nicht so einfach. Ich schaffte es nicht, weder mich mit dem Thema groß zu identifizieren noch eine angemessene Vorgehensweise für meine Recherchen zu finden. Ich hatte keinen Anker, keine Forschungseinrichtung, keinen Zusammenhalt mit anderen. Ich hatte in diesem Bereich bis jetzt nicht gearbeitet. Ich machte den Versuch, die Erziehungswissenschaften systematischer zu erkunden, hatte Treffen mit einem weiteren Professor.

Ich verfasste meinen Lebenslauf, den Christoph ins Deutsche übersetzte. Das würde mir gegebenenfalls für eine Bewerbung helfen. Ich begann, mich mit der Textverarbeitung in „Word" vertraut zu machen. Das war ein wenig schwierig wegen der vielen deutschen Ausdrücke, aber ich war erstaunt über die Möglichkeiten, die ein Computer bot, vor allem den Text nach Belieben zu verändern und umzuschreiben. Ich nahm auch den Deutschunterricht wieder auf, diesmal auf einem fortgeschrittenen Niveau, wir lasen jetzt literarische Kurztexte.

Das alles beschäftigte mich einigermaßen, machte es mir möglich, auf die Momente zu warten, in denen wir uns zu zweit wiederfanden. Christoph sagte mir oft, dass er froh war, dass ich da sei, dass auch nur das Kleinste, was wir unternahmen, schöner war, eben weil wir es gemeinsam machten. Das war genau das, was ich auch fühlte, einfach Hand in Hand zu gehen, zur Mensa oder zum Einkaufen, an einem regnerischen Tag oder auch an einem milden Frühlingsabend. Ich fand den Zauber wieder, er war nicht verflogen.

Ab Mai drehte sich unsere Freizeit ums Segeln. Christoph hatte eine Jolle aus dunkelrotem Mahagoniholz mit einem weißen Kajütaufbau und zwei Schlafplätzen unter Deck, ein sogenanntes P-Boot. Das Schiff lag in einem Club am nahegelegenen Dümmersee, fast fünfzig Kilometer von Osnabrück entfernt. Wir segelten mit seinen Kindern und einem Freund, der oft als Vorschoter fungierte.

Bei starkem Wind mussten entsprechende Manöver durchgeführt werden, musste zum Beispiel beim Wenden das Segel von der einen auf die andere Seite des Kiels gebracht werden, Christoph gab die entsprechenden Befehle dazu. Wenn wir ganz allein segelten, musste ich oft vorn auf dem Boot am Bug stehen, wenn wir an den Kai herankamen und anlegen wollten. Und dann musste ich auf den Steg springen, das Tau in der Hand, und gleichzeitig das Segelboot mit dem Fuß davon abhalten, gegen die Kaimauer zu stoßen. Für mich, die ich niemals sportlich gewesen war, war das eine ganz schöne Herausforderung.

Mehrere Mitglieder des Segelclubs hatten ein Haus in der Nähe des Sees, sie verbrachten dort ihre Wochenenden. Christoph war neidisch auf diese Möglichkeit, über Nacht dort zu bleiben, ohne jedes Mal wieder zurückfahren zu müssen. Eines Tages erfuhr er, dass ein Haus zu verkaufen sei, er vereinbarte einen Besichtigungstermin. Es war ein bescheidenes Haus, ziemlich rustikal, mit einem Stück Land drum rum. Innen roch es etwas nach Feuchtigkeit und Ruß.

Er konnte es zunächst für einige Wochen probeweise mieten, um herauszufinden, ob es uns gefallen würde. Er investierte viel Energie in die Erkundung praktischer Details, insbesondere über die Heizung. Er schrieb eine Liste mit Möbeln auf, die uns fehlten, er fand einen kleinen Lkw für deren Transport.

Christoph fragte seine Eltern, ob sie bereit wären, ihm Geld zu leihen. Er lud sie ein, sie kamen uns Anfang Juli besuchen. Wir empfingen sie bei uns in der Stadtwohnung, nahmen sie dann mit an den See, um ihnen das Haus zu zeigen. Sie verstanden Christophs Wunsch, aber sie hatten Vorbehalte, vor allem weil nur das Haus zu kaufen war, nicht aber der Grund und Boden, der nur langfristig zu pachten war. Es schien ihnen eine ziemlich große Investition zu sein. Sie schlugen vor, weiter nachzudenken und abzuwarten, wie es sich anfühlte, dort zur Probe zu wohnen.

Ab Mitte Juli hatte Christoph Ferien, wir zogen für drei Wochen in das Haus am See. Bis dahin war ziemlich gutes Wetter gewesen, ich war mehrmals ins Freibad gegangen. Sobald wir in dem Haus waren, kam schlechtes Wetter auf, Regen, Wind, Ungemütlichkeit, es war so kalt, dass Christoph mir einen gefütterten Anorak kaufen musste. Wir segelten immer dann, wenn es aufklarte. Kalt blieb es trotzdem. Eines Tages, nachdem ich mit dem Anlegetampen in der Hand auf den Kai gesprungen war, erhielt ich einen Stoß und fiel rückwärts auf der anderen Seite des Stegs wieder ins Wasser. Es war eiskalt. Das Überraschungsmoment war so groß gewesen, ich geriet in Angst. Sie mussten mich zu mehreren aus dem Wasser fischen.

Eines Nachmittags, als es einmal nicht regnete, machte Christoph sich daran, die Regenrinne zu säubern anstatt zu segeln. Ich verstand das nicht.

- Das Haus gehört nicht dir, warum investierst du so viel?

Er antwortete mir, dass es ohnehin gemacht werden musste. Ich merkte, dass in ihm ein Bedürfnis schlummerte, das er nie befriedigt hatte, er hatte immer nur in einer Wohnung gewohnt.

Aber das schlechte Wetter machte ihn mutlos, die Aussicht, in Zukunft jeden Sommer in dieser kalten Gegend auf diese Weise zu verbringen, war nicht erfreulich, es nagte auch an ihm. Wenn er das Haus kaufen würde, müsste er dort all seine Ferien verbringen, er hätte nicht mehr genug Geld, um woanders hinzufahren. Trotzdem erwog er weiterhin das Für und Wider, er wollte sich nicht damit abfinden, seinen Traum so schnell aufzugeben. Eines Tages sagte er mir:

- Eigentlich kann ich das Haus nur kaufen, wenn du bleibst. Für mich allein würde das keinen Sinn machen.

Damit saß ich in der Klemme. Ich hatte keine andere Wahl als zu sagen, dass ich nicht wusste, ob ich bleiben würde, dass ich noch nicht in der Lage sei, es endgültig zu entscheiden. Endlich gab er den Gedanken auf, das Haus zu kaufen.

Anfang August flog ich wie geplant nach Montreal, ich würde dort drei Wochen bleiben und Anfang September für die restliche Auszeit nach Osnabrück zurückkehren.

Die Hellseherin

Im Flugzeug ging ich in Gedanken die letzten Monate noch einmal durch. Ich wohnte seit fünf Monaten in Deutschland. Es war mein zweiter „Aufenthalts-versuch", zwei Jahre nach dem ersten. Seit unseren erneuten Treffen in Montreal waren gut vier Jahre vergangen.

Meine Beziehung zu Christoph war immer noch schön, unsere Liebe wurde nicht schwächer, trotz der Streitigkeiten. Unsere Leben waren unterschiedlich. Ich hatte weder eine berufliche Tätigkeit noch ein anderes Projekt gefunden, das mein Leben ausfüllen könnte. Ich wusste immer noch nicht, ob ich für immer in Deutschland bleiben und leben könnte. Ich war ratlos. Ich schaffte es zu diesem Zeitpunkt nicht, mir ein neues Ziel zu setzen.

Was ich eigentlich suchte - das habe ich erst später verstanden - war mehr als eine berufliche Aktivität, mehr als eine sinnvolle Beschäftigung. Was ich brauchte, war ein Lebensprojekt, das mich tief motivierte, für das ich mich voll engagieren könnte. Im Grunde genommen hatte ich das Bedürfnis, meinem Leben einen Sinn zu geben. Meine Kinder waren lange Zeit die Aufgabe meines Lebens, sie haben den Sinn ausgemacht, für den es lohnte sich einzusetzen. Nun wohnten sie nicht mehr bei mir, sie waren unabhängig geworden. Meine Liebe zu Christoph reichte als Ersatz nicht aus, sie konnte nicht die Erfüllung von allem sein.

Im Flieger kam ich mit der Frau neben mir ins Gespräch. Sie erzählte mir, dass sie einen Termin bei einer außerge-wöhnlichen Hellseherin hätte, einer Person, die die spirituelle Entwicklung der Menschen wahrnahm. Verfasser von Büchern über Spiritualität konsultierten sie.

Ich wusste sofort, dass ich sie treffen wollte. Ich bekam ihre Telefonnummer. Sobald ich konnte, rief ich sie an, sie gab mir einen Termin für zwei Wochen danach, einige Tage vor meiner Rückkehr nach Deutschland. Sie wohnte auf dem Lande, südlich von Québec. Bernard bot mir an, mich mit dem Auto dorthin zu fahren, er wollte sie auch hören.

Die Hellseherin, Nathalie, wohnte in einem bescheidenen Haus aus lackierten Holzbohlen, ein wenig abseits vom Dorf. Sie empfing mich in einem kleinen Raum neben der Küche, auf ihrem Lesepult sah ich ein Aufnahmegerät. Auf ihren Vorschlag hin hatte ich Kassetten mitgebracht, ich fand es wichtig, mir später noch einmal das anzuhören, was sie sagen würde, die Worte festzuhalten, die sie benutzte.

Sie eröffnete mir, dass eine wichtige Entwicklung in mir stattfinden würde. Ich würde neue Dimensionen des Daseins entdecken. Als ich ihr sagte, dass ich in Deutschland wohnte, machte sie eine unmissverständliche Handbewegung: diese Entwicklung würde in Québec stattfinden, ich musste zurückkommen. Auf diese Weise gab sie mir die Antwort auf meine Fragen. Sie lieferte mir eine Rechtfertigung, eine Hoffnung. Ich traf schnell meine Entscheidung: ich würde meinen Aufenthalt in Deutschland abkürzen.

Zurück in Deutschland versuchte ich Christoph zu erklären, dass ich nach Montreal zurückkehren wollte und warum. Er verstand es nicht wirklich, denke ich, akzeptierte aber meine Entscheidung. Ich verließ Osnabrück Ende Oktober. In Montreal waren die Dinge schnell wieder geregelt. Die Dame, der ich meine Wohnung untervermietet hatte, gab sie mir bereitwillig zurück, mein Arbeitgeber war erfreut, mich zurückzuhaben.

So begann für mich eine lange Zeit des Nachdenkens, genährt durch diverse Lesestoffe. Es war ein unterirdisches, halb bewusstes Vorantasten. Ich stellte mir meine Fragen nicht systematisch: ich suchte Antworten durch schrittweises

Herantasten, geleitet mehr durch das, was ich intuitiv fühlte als durch einen logischen Gedankengang. Was war der Sinn des Lebens, meines Lebens? Welcher Sache wollte ich mich innerlich widmen, welches Ziel lohnte es sich zu verfolgen?

Ich konnte meinen beruflichen Zielen im Ministerium kein allzu großes Gewicht beimessen, ich hatte keine Illusionen darüber, was ich in meinem Arbeitsumfeld erreichen könnte. Das Promovieren in Deutschland und damit die intellektuelle Karriere interessierten mich auch nicht besonders. Meine Kinder, nunmehr erwachsen, brauchten mich nicht länger. Lange Zeit waren sie ein Halt für mich gewesen. Jetzt musste ich mir ein neues Lebensziel geben.

Es verging Monat um Monat. Eines Tages sah ich klarer. Es kam mir plötzlich, dass das einzige Ziel, das das Leben für mich haben könnte, die Suche nach Gott war. Diese Einsicht hatte mit keiner spezifischen religiösen Kultur zu tun, ich hatte mich seit langem von der katholischen Kirche abgewandt. Über jedweden institutionellen Rahmen hinaus wollte ich die Bedeutung der Schöpfung verstehen, die Energie, die dem Universum zugrunde liegt, von innen her erfahren und fühlen, was das alles zusammenhält, was das für einen Sinn ergibt. Ich erlebte eine Art Offenbarung, verschwommen noch, ich fühlte den Willen, auf ein Ziel zuzugehen, von dem ich nur eine Ahnung hatte. Ich konnte es nicht genau beschreiben, trotzdem war es mir im Inneren klar.

Und so dachte ich, ich könnte meiner Suche doch überall folgen, sie fortsetzen, wo immer ich gerade war; sie war nicht an einen bestimmten Ort gebunden. Das konnte ich genauso gut in Deutschland machen. Ich fühlte mich wieder bereit zu gehen, um dort zu leben.

Ich begriff auch, dass die Hellseherin recht hatte: die Entwicklung, die ich erlebt hatte, konnte nur in meiner Sprache und in meinem Land stattfinden, wo meine Gedanken sich ohne Einschränkung ausbreiten konnten, wo ich wie selbstverständlich in der Kommunikation aufgehoben war. Mein Weg dorthin hatte nicht sehr lang gedauert. Es waren gerade mal anderthalb Jahre seit meiner Begegnung mit Nathalie vergangen.

Ich ging noch einmal zu ihr, dieses Mal in Begleitung einer Freundin. Auf dem Weg dorthin schlug mein Herz schneller, ich fühlte mich inzwischen so sicher, in Deutschland leben zu wollen; ich fragte mich, was ich machen würde, wenn sie mir raten würde, es nicht zu tun. Aber ganz im Gegenteil bestätigte sie mir, dass es der richtige Augenblick sei zu gehen und dass ich aufblühen, große persönliche Fortschritte erleben würde. Es stieg große Freude in mir auf.

Es war April. Ich wollte Christoph erklären, was mit mir los war, und warum ich mich nun bereit fühlte, den Schritt zu wagen. Ich war zweimal zurückgewichen, wie konnte ich ihm verständlich machen, dass es diesmal anders war, ernster, dauerhafter?

Im Mai nahm ich Urlaub und fuhr für zehn Tage zu ihm. Es waren Pfingstferien, ich wusste, dass er frei hatte. Der Frühling war wundervoll, die Bäume standen in voller Blüte, die Vögel sangen aus ganzer Kehle. Wir machten einen Spaziergang auf dem Land. Wir gingen dort an einem Feld entlang, wo ein Wald begann, am Waldesrand, sagt man glaube ich. Wir setzten uns auf eine Bank, vor uns breiteten sich bestellte Felder und eine saftig-grüne Wiese aus, in weiter Ferne ein Bauernhof, alles war durchtränkt von einer friedlichen Stille und Schönheit.

Ich fing an, ihm zu erzählen, was während der letzten Zeit in mir passiert war. Ich fühlte mich unbeholfen, fand es schwierig, die Tiefe der Einsichten und meine Perspektive, die sich in mir geöffnet hatte, richtig auszudrücken. Ich könnte jetzt für immer nach Deutschland kommen. Er war zurückhaltend, vielleicht auch etwas ungläubig. Er war nicht bereit für mich, wir würden im Sommer weiter darüber sprechen müssen.

Aber zwei Monate zuvor hatte er mir am Telefon gesagt, dass er das Leben ohne mich schwierig fände, dass er nicht dafür geschaffen sei, allein zu leben. Ich hatte seine Traurigkeit gespürt, sie hatte mich bewegt. Seitdem hatte er sich in seine Arbeit, seine Projekte gestürzt.

Dabei ist es geblieben, wir würden uns urlaubshalber im Juli wiedersehen. Ich fuhr nach Québec zurück. Zwei Monate später lernte ich tatsächlich den spirituellen Weg kennen, der die konkrete Antwort auf meine Suche sein sollte. In den heiligen Schriften aus Indien heißt es, wenn ein Jünger bereit ist, zeigt sich der Meister. Ich wurde auf den Weg des Yoga der Vollkommenheit gelenkt.

Initiation

Gervaise, eine Freundin aus Montreal, die ich durch die Seminare über Persönliche Weiterentwicklung kannte, hatte mir von dieser Meditationsbewegung erzählt. Sie nannte sie sehr respektvoll „Yoga der Vollkommenheit" (*yoga of perfection*), als sollte allein schon der Name mich beeindrucken. Ich hatte erst mal abgelehnt. Ich hatte schon, was ich brauchte, ich meditierte bereits. Sie hatte mir mehrmals von dem spirituellen Meister erzählt, die eine Frau war. Diese Meditationslehrerin war bereits in Montreal gewesen, es hieß, sie würde wiederkommen. Ich wäre gern hingegangen, um sie kennenzulernen, aber schließlich kam sie doch nicht.

Dann, eines Tages, fand meine Freundin die Worte, die mich überzeugten:

- Weißt du, wenn du weiterhin die Absicht hast, in Deutschland leben zu wollen, musst du dich darauf gefasst machen, dass es in bestimmten Momenten schwierig sein wird: du wirst dich allein fühlen, weit weg von den deinigen. Die Kraft, die du dann brauchst, musst du aus dir selbst schöpfen. Du musst dir näher kommen, dich mehr nach innen kehren.

Sie fügte hinzu, dass mir hierbei der Kontakt zu einem vollkommenen Meditationsmeister helfen würde. Ich willigte ein, mit ihr in einen *Ashram* im Staate New York zu fahren, um an einem Meditationswochenende teilzunehmen. Sie machte es mir leicht, ich fuhr mit ihr und drei anderen Leuten im Auto mit, hatte nichts zu organisieren, einfach nur mitkommen. Die Reise dauerte sechseinhalb Stunden. Wir fuhren um 13 Uhr in Montreal los. Gervaise hatte ein Picknick vorbereitet, das wir am Rande der Autobahn verspeisten. Ich stellte Fragen zum sogenannten „Meister", man sagte mir, dass es jemand sei, der die Einheit mit Gott erreicht hatte. Ich verstand nicht wirklich, was das heißen sollte.

Wir kamen gegen neun Uhr abends an. Ich hatte Hunger, hatte Angst, zu der Zeit nichts mehr essen zu können. Damals versetzte es mich in große, panische Angst, wenn ich Hunger hatte und befürchten musste, dass dieser Hunger nicht rechtzeitig gestillt wird. Nach Ankunft mussten wir uns erst anmelden, es war schon reichlich spät. Die Frau, die uns empfing, fragte uns sofort, ob wir gegessen hätten. Dann schickte sie uns in die Cafeteria, bevor diese schloss, sie würde auf uns warten. Ich war erleichtert, sogar erfreut, ich fand, dass dies ein sehr menschliches Yoga sei. Nach den Formalitäten gingen wir in unsere Zimmer. Man hatte mir ein Zimmer mit vier Doppelstockbetten gegeben, ich teilte es mit sieben anderen Frauen. Ich war enttäuscht, dass Gervaise nicht im selben Zimmer schlief, aber sie versicherte mir, dass wir uns oft in den Pausen sehen würden.

Am nächsten Morgen traf ich sie beim Frühstück wieder. Dann warteten wir gemeinsam, um in den Hauptsaal zu gehen. Während wir in der Schlange standen, hörte man ein Mantra, das aus Lautsprechern tönte. Ich hatte es am Vorabend gehört, im Auto, als wir für eine Pause angehalten hatten. Meine Freunde erklärten mir, dass es das Mantra einer spirituellen Tradition war, der diese Bewegung angehörte; später erfuhr ich, dass es das berühmteste Mantra in Indien war. Es war überall plakatiert, in Sanskrit, aber auch in lateinischer Schrift.

Dieses Mal wurde es nach einer indischen Melodie genannt *Raga* gesungen, die anders war als die, die ich am Vorabend gehört hatte. Meine Freundin war begeistert. Sie hatte diese *Raga* noch nie gehört, sie konnte die ständige Überraschung und Erneuerung, die sie bei dieser Yogarichtung erlebte, kaum fassen.

Das Programm fand in einem großen Saal mit sehr hoher Decke statt, an der Kronleuchter hingen. Vorn saßen Leute auf dem Fußboden, auf Kissen oder Decken, die Männer rechts, die Frauen links. Im hinteren Bereich befanden sich bequeme, mit blauem Samt bezogene Sessel. Da ich mich nicht auf den Boden setzen konnte, bat ich um einen Sessel und fand mich auf der Seite der Männer wieder: sie waren zahlreich, aber nicht so zahlreich wie die Frauen, so dass auf ihrer Seite noch Platz war.

Das, woran ich teilnahm, nannte sich ein Meditationsintenssivseminar (*Intensive*). Zu Beginn erklärte man uns, dass der Meister während dieses *Intensives* die spirituelle Energie eines jeden Teilnehmers erwecken würde. Man nannte diese Erweckung „Initiation". Man versicherte uns, dass diese Initiation in jedem Fall und bei allen stattfinden würde. Einige würden sie wie einen Energiestrom durch ihren Körper hindurch spüren, zum Beispiel durch die Wirbelsäule; für andere Teilnehmer würde es subtiler ablaufen und sie bemerkten fast nichts.

Wir sangen das Mantra nach der neuen *Raga*, ich fand es leicht. Die Melodie war ruhig, sanft. Eine kleine Gruppe im vorderen Bereich des Saals sang den Vers vor, begleitet von Musikern, und der Rest im Saal sang den gleichen Satz nach, der Rhythmus war langsam, fast wiegend. Wenn ich zuhörte, fühlte ich die Worte in mir klingen; wenn ich sang, war dies ganz mühelos. Das wiederholte sich eine ganz Weile, es war leichtfüßig und wirkte immer tiefenentspannter. Nach dem Singen fühlte ich mich leicht, glücklich.

Nach einer Pause ergriff ein Mann das Wort, man nannte ihn *Swami*, er trug ein langes rotes Mönchsgewand. Er erzählte eine Geschichte: Zwei junge Männer gehen zu einem spirituellen Lehrer, um ihn zu bitten, sie zur inneren Freiheit zu führen. Der Meister befiehlt ihnen, für ihn auf einem Feld arbeiten zu gehen.

Die beiden Männer arbeiten dort tagein, tagaus. Tage, Wochen, Monate vergehen, nach zwei Jahren sagt sich einer der Männer, dass er genauso gut zuhause für seine Familie auf dem Feld arbeiten könne und beschließt, fortzugehen. Der andere bleibt, geht in der Arbeit auf, versenkt sich in die Betrachtung der Natur, er sieht Gott und seinen Lehrer im Himmel, in den Pflanzen, er gibt sich völlig der Liebe zu Gott hin und zum Meister. Nach einigen Jahren hört derjenige, der weggegangen war, dass ein heiliger Mann in das benachbarte Dorf kommt, er geht hin und erkennt seinen alten Gefährten wieder. Dadurch, dass er bei seinem Lehrer geblieben war, und sich hingegeben hatte, hatte er die Erleuchtung erreicht und war selber Meister geworden.

Diese Geschichte berührte mich. Während der Pause sprach ich mit Gervaise darüber, und plötzlich kamen mir die Tränen. Sie warf mir einen aufmerksamen Blick zu und sagte: *Was für eine Gnade!* Ich wusste nicht, was sie mir damit sagen wollte, aber ich genoss das Gefühl, das ich empfand.

Ich hatte noch nicht erkannt, was mit mir geschehen war, es dauerte Jahre, bis ich diese Erfahrung für mich in Worte fassen konnte. Ich wusste nur, dass sich vor mir eine neue innere Welt aufgetan hatte, die ich weiter entdecken wollte.

Als der Zeitpunkt kam zu meditieren, konnte ich mich nicht zwischen dem Mantra, das mir die frühere Yoga-Bewegung gegeben hatte - es war angeblich persönlich und allein für mich bestimmt - und jenem Mantra, das hier allen gemeinsam war, entscheiden. Ich meditierte ein wenig mit dem einen und dann wieder mit dem anderen. Der Tag ging weiter mit Vorträgen, Singen und noch mehr Meditation.

Ich war erstaunt über die große Teilnehmerzahl. Bei den Mahlzeiten musste man Schlange stehen, um in die Cafeteria zu kommen, wir waren Hunderte, ich hatte so etwas noch nie erlebt. Als ich durch die Flure des *Ashrams* ging (so hieß ein solches Meditationszentrum), sah ich an den Wänden große

Fotos von anderen spirituellen Lehrern und ihren Schülern hängen sowie von indischen Göttern und Göttinnen; hier und da standen kleine Tische, bedeckt mit goldenen Stoffen, mit Blumen und symbolischen Gegenständen geschmückt, die ich nicht kannte.

Später habe ich mich manchmal gefragt, warum ich auf Anhieb dieses neue spirituelle Universum akzeptiert hatte, das durch die indische Kultur geprägt war. Es war wohl vor allem der Tatsache geschuldet, dass ich die Menschen bewunderte und mochte, die mich dorthin mitgenommen hatten, und dass ich berührt war von ihrem Engagement und ihrer Gläubigkeit.

Nichts stieß mich ab, ganz im Gegenteil. Die Menschen auf den Fotos strahlten. In ihrer Lehre ging es um Liebe, Hingabe, Disziplin, Läuterung. Die Meditation brachte uns in Kontakt mit Gott in uns. Das Ziel war die Selbstverwirklichung, und Menschen, die es erreichen wollten, waren auf der Suche nach einem spirituellen Führer, der ihnen auf dem Weg dorthin helfen könnte. Das alles zog mich an.

Zu Beginn und am Ende jedes halben Tages gab es einen Gesang, der von einem Ritual begleitet wurde, das mir sehr gefiel. Eine Frau im indischen Sari stand vorn vor dem Foto des Meisters; sie balancierte mit einer anmutigen Geste ein Tablett von links nach rechts, auf dem eine Blume lag und eine Flamme brannte. Diese sollten das Bewusstsein und die Liebe symbolisieren. Während sie langsame Schwenkbewegungen machte, sang die Gruppe ein Lied zu Ehren des Meisters. Die Worte wurden auf die Leinwand geworfen, aber offensichtlich kannten die Menschen um mich herum sie auswendig, sie sangen mit einer Begeisterung und Hingabe, die mich beeindruckten.

Abends lernte ich eine der Frauen kennen, die mein Zimmer mit mir teilten. Sie hieß Mathilde und kam aus Deutschland. Ich erzählte ihr von meiner Absicht, nach

Deutschland zu gehen. Sie kannte ein Zentrum dieser Yogarichtung in der Region, in der ich wohnen würde, ich bräuchte sie nur anzurufen, wenn ich dort wäre. Als ich Gervaise das am nächsten Tag erzählte, konnte sie es nicht fassen.

- Ich komme seit Jahren in diesen Ashram, es hat nie jemanden aus Deutschland in meinem Zimmer gegeben. Siehst du, so ist das mit der Gnade.

Am Sonntagmorgen gab es einen Vortrag von einem anderen Swami. Er sagte, man müsse Zuschauer seiner inneren Bewegung sein, die Emotionen, die man empfindet, beobachten anstatt sofort darauf zu reagieren. Dafür müsse man sich der Instanz in sich bewusst werden, die distanziert beobachtet und berichtet, was in uns passiert und was uns bewegt. Auf diese Weise könne man vermeiden, Dinge vorschnell zu tun oder zu sagen, die aus spontaner, unkritischer Reaktion geboren sind und die man später bereuen würde. Das sei eine Herausforderung, man müsse sich wirklich anstrengen, um das zu schaffen. Ich hörte aufmerksam zu, was er sagte, es ähnelte dem, was ich in früheren Seminaren gehört hatte, war aber ausgefeilter.

Den ganzen Sonnabend über hatte ich gehofft, dass die Meditationslehrerin selbst auftreten würde. Es hieß, man wüsste nie, ob und wann sie käme. Das sei allerdings nicht wichtig, hatte man mir gesagt, alles sei von ihrer Absicht und ihrer „Gnade" durchtränkt, ganz gleich ob sie anwesend war oder nicht.

Am Sonntagmorgen, als ich in meinem Sessel saß und dem Redner zuhörte, spürte ich etwas in meiner Brust, eine leichte Bewegung in der Herzgegend, so als würde eine Hand mich von innen berühren. Ich drehte den Kopf nach links und sah sie im Gang stehen. Ich freute mich, endlich war sie da. Sie trug ein langes rotes Gewand, sie war sehr dünn. Sie ging den Gang hinunter. Als sie bei ihrem Sessel ankam, verbeugte sie sich vor dem Porträt ihres eigenen Meisters, das über dem Sitz hing, dann setzte sie sich mit einer anmutigen Bewegung nieder; sie knickte die Beine unter ihrem Gewand ein und nahm mit gekreuzten Beinen auf dem breiten Sessel Platz.

Wir sangen mit ihr, ihre Stimme war angenehm. Als sie das Wort ergriff, fand ich, dass sie viel sagte, ich hatte Schwierigkeiten, ihr zu folgen. Ich wurde langsam müde, obwohl oder weil alles so stimulierend war, ich war überreizt durch all die neuen Eindrücke. Es war eine neue Welt, die sich mir öffnete, es ging fast zu schnell, ich war darauf so nicht vorbereitet.

Dann gab sie uns Anweisungen für die Meditation. Sie forderte uns auf, das von ihr gegebene Mantra ständig zu wiederholen - es war dasselbe wie vom Tag zuvor. Ich folgte dem, was sie sagte, mit großer Aufmerksamkeit, legte mein altes Mantra zur Seite und meditierte mit dem neuen.

Am Ende der Veranstaltung (es war inzwischen sechs Uhr abends) sagte man uns, jetzt folge noch *Darshan*, die Möglichkeit, sich dem Meister direkt zu nähern und sich vor ihr zu verbeugen. Sehr schnell stellten sich die Menschen im Gang auf, immer fünf auf einmal. Ich war ungeduldig, denn ich wollte meine Leute nicht warten lassen, mit denen ich nach Hause fahren musste. Wir wollten so schnell wie möglich los, denn wir hatten noch mehr als sechs Stunden Fahrt nach Montreal vor uns. Also stellte ich mich in die Schlange und drängelte mich ein bisschen vor, fühlte mich schuldig, geschummelt zu haben. Es ging nur sehr langsam voran.

Der Meister hatte eine Art Federbausch in der Hand aus Pfauenfedern, mit dem berührte sie den Kopf der Menschen, die vor ihr knieten. Als ich endlich dran war, kam eine Frau von rechts und schrie sehr aufgeregt den Namen des Meisters. Alle Aufmerksamkeit wurde auf diese Frau gelenkt. Der Meister befahl mit entschiedenem Ton: *Bringt sie zum Tempel!*

Wie die anderen kniete ich mich hin, verneigte mich tief und fühlte zweimal die Federn auf meinem Kopf. Dann hieß man uns aufzustehen und zu gehen. Ich war ein wenig enttäuscht. Mit mir war nichts geschehen, ich hatte nichts Besonderes gefühlt. Sie hatte mich nicht einmal angesehen. Erst Jahre später ist mir aufgegangen, dass die aufgeregte Frau dort etwas mit mir zu tun hatte, sie repräsentierte mich, sie war meine bestürzte Seele, die nicht wusste, wie sie mit all dem umgehen sollte.

Während der Rückfahrt saß ich auf dem Rücksitz und überdachte alles, was sich am Wochenende ereignet hatte, viele Dinge verflüchtigten sich wieder, aber eine Sache war klar. Das Universum, das sich mir neu eröffnet hatte, das wollte ich genauer kennen und verstehen lernen. Was ich erlebt hatte, das Gefühl der Offenbarung, die Momente der Freude während des Gesangs und der Meditation, ich wollte sie wiederfinden und bei mir behalten.

Später begriff ich, dass die Geschichte, die mich so berührte hatte, jenen Teil in mir angesprochen hatte, der sich nach der Erfahrung von Hingabe, von Verehrung oder Anbetung sehnte, nach Selbstaufgabe oder genauer „Verschmelzung" in der Liebe Gottes. So wie ich es schon mit elf Jahren erlebt hatte. Mehr als ein Jahr lang stand ich damals morgens sehr früh auf, um vor der Schule zur 7-Uhr-Messe zu gehen. So sehr mich auch die Predigten am Sonntag nervten, so sehr liebte ich die intime und gottesfürchtige Atmosphäre der Morgenmesse, wir waren sehr wenige Teilnehmer. Ich versenkte mich im Gebet und erlebte eine innere Freude, eine Art Frieden. Dann brachte mich die Pubertät durcheinander, ich hörte auf hinzugehen.

Ein anderes Mal, sehr viel später, ich hatte bereits Kinder, bin ich ebenfalls im Kontakt gewesen mit meiner Sehnsucht zu beten. Ich hatte eine Reportage über Karmeliten-Schwestern gesehen, die viele Stunden im Gebet verbrachten, ich spürte die Ruhe, die in ihnen wohnte. Ich hatte daran gedacht, dass ich das auch gern erleben wollte.

Die Meditationslehrerin hat mal gesagt, die spirituelle Initiation sei so, als würde der dunkle, wolkenverhangene Himmel aufreißen, der Mond aufscheinen und die bis dahin verborgene Landschaft erhellen. Auf einmal hatte ich klargesehen: ich hatte den tiefen, in mir ruhenden Wunsch nach Hingabe an Gott wiedergefunden. Mein Leben hatte einen neuen Sinn bekommen, eine neue Perspektive erhalten. Alles in mir hatte gesagt: ja, das ist es, was ich will.

In the Flow

Knapp fünf Tage nach der Intensivveranstaltung kam Christoph in Montreal an. Wie konnte ich mit ihm teilen, was mir passiert war? Ich konnte das nicht für mich behalten, es war zu bedeutsam, ich ahnte, dass dies eine wichtige Wendung in meinem Leben war, vielleicht in unserem. Aber er musste erst die Erfahrung der Meditation machen, sonst würde er es gar nicht verstehen. Seit einiger Zeit schon legte ich ihm nahe, es zu lernen, er war offen für meine Anregungen.

Er hatte in Deutschland eine Informationsveranstaltung über transzendentale Meditation besucht, aber er war zu beschäftigt, um einen entsprechenden Kurs in Deutschland belegen zu können. Ich hatte mir gedacht, er könnte die Ausbildung in Montreal machen, bevor wir in den Urlaub fuhren. Er war einverstanden, dass ich mich über Angebote informierte. Im Zentrum der Transzendentalen Meditation fanden im Juli keine Kurse statt. Im Yoga-Zentrum auch nicht. Die Frau, mit der ich sprach, sagte mir:

- Sie haben das Intensive mitgemacht, warum bringen Sie ihm nicht selber bei, wie man meditiert? Sie können es ihm erklären, die Atmung, das Mantra und so weiter.

Damit hatte ich nicht gerechnet. Ich hatte die transzendentale Meditation in einem Kurs von mehreren Stunden gelernt, verteilt auf vier Tage, das hatte einige Hundert Dollar gekostet. Nun sollte es mir möglich sein, mein Wissen und Können einfach selber weiterzugeben? Das warf meine Konzepte über den Haufen, aber eigentlich mochte ich diese Idee und die Perspektive sehr. Könnte es so einfach sein? Ich sprach mit Christoph darüber, er war sofort einverstanden. Er liebte den Gedanken, es mit mir zu erlernen.

Wir fuhren mit dem Auto los in den Urlaub, ich entdeckte mit ihm gemeinsam die Schönheit der Halbinsel Gaspésie im Osten Québecs wieder, wir liebten beide die Schiffsreise von der Prinz-Edward-Insel bis zu den Madeleine-Inseln, für die er schwärmte: sie erinnerten ihn an Irland, an das langsame Aufsteigen der Vegetation aus dem Meer. Wir wohnten in einem entzückenden, rustikalen Haus an einem Hügelhang, mitten in einer Wiese übersät mit Margeriten.

Ich wartete auf einen günstigen Augenblick. Dann, an einem Sonntagmorgen, an dem wir beide ruhig waren, fühlte ich mich bereit. Wir setzten uns in das Zimmer im Obergeschoss, auf Holzstühle. Ich erklärte ihm, wie man sich aufrecht hinsetzen sollte, die Haltung so entspannt wie möglich, auf seine tiefe Atmung achtend, und dann schrittweise beginnen, das Mantra im Einklang mit den Bewegungen des Ein- und Ausatmens innerlich nachzusprechen und zu wiederholen.

Neben dem Bett, in dem wir uns am Tag zuvor geliebt hatten, meditierten wir nun zusammen. Das war kein Widerspruch. Nach einer halben Stunde bin ich aufgestanden, um zu zeigen, dass wir jetzt aufhören könnten. Er blieb noch einige Minuten sitzen. Es hatte ihm gefallen, er war ganz ruhig.

Wir meditierten des Öfteren morgens gemeinsam. Die Energie der Meditation brachte uns einander näher, sie ähnelte der, die wir empfanden, wenn wir uns liebten, wenn unsere Seelen sich vereinten.

Einmal, nachdem wir meditiert hatten, schaute Christoph mich voll der Liebe an und sagte: *Ich sehe die Gnade, sie fließt aus dir;* er machte eine Bewegung entlang meines Armes: *sie tropft hier herab.*

Ich bemerkte, dass meine Meditation eine andere Qualität bekommen hatte als vor dem *Intensive,* ich hatte danach ein Gefühl von Liebe, von Akzeptanz, ich war mir der Freude in mir und des Lächelns auf meinem Gesicht bewusst. Ich fühlte mich voll der Hingabe, die ich während der Initiation in mir entdeckt hatte, und dieses Gefühl ähnelte durchaus dem, das ich Christoph gegenüber fühlte. Und ich spürte, dass auch er von Hingabe durchtränkt war: unsere Gesten der Liebe waren davon ebenso geprägt wie unsere Art, dem anderen gegenüber aufmerksam zu sein. Wir ließen uns von unserer Intuition führen.

Ich wollte umso mehr mit ihm leben. Ich sagte ihm erneut, dass ich mich jetzt bereit fühlte, den Sprung zu wagen. Als ich es ihm im Mai gesagt hatte, war er noch zurückhaltend gewesen. Ich verstand es nicht, denn war es nicht das, was er immer gewollt hatte? Klar, ich hatte bereits zweimal den Rückwärtsgang eingelegt, insofern konnte ich doch nachvollziehen, dass er Zweifel hatte. Ich war nun dabei, mich zu verändern, ich war sicherer in dem, was ich wollte, aber ich konnte ihn immer noch nicht voll überzeugen.

Er war der Meinung, bevor ich alle Brücken hinter mir abbreche, sollte ich erneut um unbezahlten Urlaub bitten und abermals zur Probe nach Deutschland kommen. Mir aber schien es wenig wahrscheinlich, dass man mir ein drittes Sabbatjahr gewähren würde, wo er mir doch bereits zweimal zugestanden worden war. Je mehr wir darüber redeten, desto ungeduldiger wurde ich, ich sah nicht, wie wir zu einer beidseitig guten Lösung kommen könnten.

Gegen Ende unseres Aufenthaltes auf den Inseln hatte ich eine Meditation, die mich nachhaltig prägte: ich hatte ein Bild unseres Meisters vor Augen, sie trat in mein Bewusstsein, ich hörte eine Botschaft: *Gott liebt mich, ich bin geliebt, ich bin Teil der Energie der Liebe.*

Etwas passierte in mir. Ich ließ los, gab mich der Überzeugung hin, dass alles, was kommen würde, gut sei oder gut werden würde, selbst wenn es eine andere Form annehmen würde als die, die ich erwartete. Ich fühlte, wie sich in mir ein Zustand der Gnade ausbreitete.

Die Überraschung kam als Christoph mir von sich aus gestand, dass er mich als anders empfand. Wir küssten uns leidenschaftlich, er sagte mir:

- *Ich spüre, dass du dich ohne Zögern hingibst, dass du nichts verlangst. Du gibst aus der Fülle deines Inneren und nicht aus dem Bedürfnis nach Anerkennung. Du treibst auf der Welle der Energie.*

Ich war erstaunt, dass er so feinfühlig war, dass er sofort die Wirkung der subtilen Erfahrungen, die ich gerade gemacht hatte, an mir wahrnahm.

Unsere körperliche Vereinigung war spielerisch, ohne Anstrengung, eine Fusion von Energie und Spiritualität: wir ließen uns treiben, wie in der Strömung eines Flusses. Jede Liebesgeste gab uns Glück, war vollendet in sich selbst. Jedes Wort folgte aus klarem Verstand und führte zurück in die Klarheit der Handlung. Er hörte nicht auf zu sagen, dass er mich liebte, das unsere Begegnung noch schöner sei als jemals vorher.

War es das, was ich einmal mehr zu lernen hatte? Meine Angst, mein Ego, mein Wunsch, die Ereignisse zu kontrollieren, all das loszulassen? Einfach lernen Gott zu vertrauen, dem großen Bewusstsein unseres Universums, das mich sicher durch alle Erfahrungen führte, die ich erlebte? War ich dabei zu lernen, dass ich nicht von Christoph allein diesen tiefen Frieden zu erwarten hatte, wie ich es am Anfang glaubte? Damals schien es, als öffnete mir die körperliche Liebe mit ihm die Türen zum Himmel.

Ich sah, dass ich in mir selbst diesen Frieden gefunden hatte, dass ich meinerseits den Faden aufnehmen konnte, der mich mit der höchsten Energie verband, die Licht und Liebe ist. Diese Gnade kam von alleine, ich kontrollierte sie nicht, aber ich fühlte, dass sie durch die Meditation leichten Zugang zu mir fand.

Wenn ich an diesem Faden festhielt, ging von mir eine positive Energie aus, die Christoph anzog. Ich musste diese unglaubliche Erfahrung nicht mit Worten kommunizieren, es reichte, wenn ich sie auslebte. Dann war ich nicht mehr abhängig von Christophs Liebesbeweisen, und genau in diesem Moment gab er sie mir im Überfluss.

Wutausbrüche

Dieser neue Weg hatte sich mir durch die Teilnahme am *Intensive* geöffnet, zum Glück konnte ich ihn weitergehen durch wöchentliche Treffen in sogenannten *Satsangs*, das waren Abende mit Gesang und Meditation, wie sie das Zentrum in Montreal jede Woche anbot.

Im August, nach dem Urlaub mit Christoph, ging ich dort hin. Das Yoga-Zentrum Montreal befand sich im ersten Stock eines Hauses und schon in der Eingangshalle im Erdgeschoss hieß mich ein Mann mit einem Namensschild lächelnd willkommen und zeigte mir die Treppe. Über dem Absatz in der Mitte der Treppe hing ein großes Foto unserer Meditationslehrerin, mit jungem, runden Gesicht, über ihr der Spruch: *Sieh Gott in allem und jedem.* Das beeindruckte mich.

Oben empfing mich eine Frau und zeigte mir den Raum, in dem ich meine Schuhe abstellen sollte. Im Saal fragte mich eine andere Frau, ob ich mich auf den Fußboden oder auf einen Stuhl setzen wollte, ich wählte den Stuhl, sie wies mir einen Platz zu und gab mir ein in Folie eingeschweißtes Blatt Papier, auf dem die Worte für einen Hindi Gesang standen. Als das Programm begann, merkte ich, dass es derselbe war, den ich schon mehrere Male während des *Intensive* gehört hatte. Eine Frau ging zum Sessel vor, über dem das Foto unseres Meisters hing. Sie trug keinen Sari, sondern Stadtkleidung. Sie hielt ein Tablett in den Händen, auf dem ein Teelicht war und eine Blume, wie im *Ashram*. Sie machte während des Gesangs eine anmutige Pendelbewegung, wie ich es während des *Intensive* verfolgt hatte. Ich lernte, dass man dieses Ritual *Arati* nannte: eine Anrufung des Meisters, um Segen zu erbitten.

Der Moderator des Abends sprach. Ich weiß nicht mehr genau, was er sagte, aber ich erinnere mich daran, dass er mir sehr aufrichtig erschien. Dann begannen zwei Musiker zu spielen, einer das Harmonium, der andere eine längliche, indische Trommel. Eine kleine Gruppe saß vorne und sang einen Liedsatz vor, die anderen Teilnehmer wiederholten ihn im Anschluss. So ging es abwechselnd hin und her. Ich fand die Melodien schön, es gefiel mir, meine Stimme mit denen der anderen zu vermischen und mich trotzdem noch rauszuhören. Ich vertiefte mich ganz in den Gesang, der nach innen zog. Dann meditierten wir. Als ich die Veranstaltung anderthalb Stunden später verließ, fühlte ich mich leicht und beschwingt.

Ich bin mehrfach wieder dort hingegangen. Eines Tages erfuhr ich, dass es ein weiteres Intensivseminar Mitte September geben würde. Man konnte zum *Ashram* nach New York fahren, um daran teilzunehmen, aber man konnte es auch in Montreal per Audio-Übertragung verfolgen. Ich hatte eine große Sehnsucht danach, die Erfahrung noch einmal zu machen. Ich beschloss, die Veranstaltung in Montreal zu besuchen, ich war froh, dafür nicht reisen zu müssen.

Sie trug den Titel „Die blaue Perle", ein Ausdruck, der den Leuchtpunkt bezeichnet, der manchmal in der Meditation vor den Augen auftaucht und der das innere Selbst sein soll. Am ersten Tag hatten wir lange Meditationszeiten. Der Leiter hieß uns wertzuschätzen, was wir in der Meditation sahen, was und welche Form auch immer man sah, es sei die Offenbarung der blauen Perle. Ich meditierte so tief, wie ich konnte, in einigen Momenten sah ich in der Tat einen inneren Licht-schimmer. War das die blaue Perle? Ich war mir nicht sicher.

Am Ende des zweiten Tages, während des letzten Meditationsabschnitts, hörten wir anstatt der gewohnten sanften Musik unangenehme Geräusche, Türquietschen, Baulärm, Hammer, elektrische Sägen usw. Ich sagte mir:

- Ah ja, ich verstehe, jetzt will man uns beibringen, trotz des Lärms von draußen zu meditieren, ok, ich verstehe, einfach abschalten.

Ich strengte mich an, die Geräusche zu ignorieren und das Mantra brav zu wiederholen. Am Mikrofon sagte jemand, einer der Swamis hätte sich bei unserem Meister beschwert, er fand, dass die Ablenkung zu stark war. Danach ging der Lärm noch heftiger weiter. Auf einmal hatte ich genug. Ich öffnete die Augen, sah um mich herum auf all diese Menschen mit geschlossenen Augen. Ich wusste nicht mehr, was ich da sollte, ich fühlte mich fremd, abgehängt, wollte gehen.

Kurze Zeit später hörte die Meditation auf, der Sprecher im *Ashram* sagte, dass unser Lehrerin eine Vision gehabt hätte von Teilnehmenden, die dabei waren zu tanzen. Er forderte die Leute auf, sich an dem Tanz zu beteiligen, um das *Intensive* zu beenden. Im vorderen Bereich wurde Platz freigemacht, die Leute standen auf. Mir war überhaupt nicht danach, aber ich wusste aus Erfahrung, wenn ich auf meinem Platz bleiben würde, würde ich mich noch schlechter fühlen. Also ging ich hin. Die Musiker spielten *Hare Rama, Hare Krishna*, alle sangen und tanzten im Kreis einen Schritt, dem ich leicht folgen konnte. Es war seltsam, es erinnerte mich an die Sektenleute in rosa Gewändern und rasiertem Kopf, die ich am Philipp Square in Montreal hatte tanzen sehen zu dieser Melodie. Ich war trotzdem froh, mich zu bewegen.

Beim Rausgehen suchte ich Gervaise, fand sie aber nicht. Ich hatte Hunger, ich ging in ein Restaurant mit vegetarischem Buffet, dann nach Hause. Ich fühlte mich allein mit meinem Problem. Ich wusste nicht mehr, was ich denken sollte. Ich hatte allem, was ich bis jetzt in diesem Yogakreis gehört hatte, sehr zugestimmt, hatte die Art der Erklärungen, des Gesangs, der Rituale so sehr gemocht. Ich verstand nicht, was mir jetzt geschah. Ich bewegte alles in meinem Kopf und versuchte, einen Sinn darin zu finden.

Am nächsten Tag musste ich aufgrund eines Streiks nicht arbeiten. Ich blieb zuhause und dachte weiter nach. Ich verstand nicht, warum die anderen Teilnehmer nicht wie ich reagiert hatten, sie schienen am Ende froh. Dann ist mir eine Sache klar geworden, was mir passiert war: ich hatte mich geärgert. Ich hatte mit Ärger reagiert, für mich war eine Grenze überschritten worden. Nach und nach begann ich zu verstehen, dass der Ärger meine Art der Reaktion auf Unangenehmes war. In einer schwierigen Situation brach ich nicht in Tränen aus, sondern ich ärgerte mich.

Als Gervaise mich schließlich am Nachmittag anrief, war ich bereits auf einem guten Weg der Verarbeitung. Ich nahm sofort an, was sie mir sagte, dass es dabei nur um mich ging, dass ich darauf schauen musste, was dieses Ereignis mir über mich selbst sagt, was es mich lehrt. Ich begann zu verstehen, dass dieser Ärger zu mir gehörte, ein Teil von mir war. Die Provokation hatte aus mir hervorgeholt, was bereits dort war. Man hatte mir einen Spiegel vorgehalten.

Es war mir nicht unbekannt, dass ich manchmal Wutausbrüche hatte. Schon als ich klein war, gab man mir den Spitznamen „Milchsuppe", weil ich so schnell hochging und „überkochte". Eines Tages, als Jugendliche, hatte mein Bruder mir rückgemeldet, dass ich eine heilige Wut gezeigt hätte, als ich wegen einer Situation explodierte, die für mich inakzeptabel war. Er hatte „heilig" gesagt, um auszudrücken, dass ich offenbar ganz und gar davon überzeugt gewesen war, recht zu haben.

Ich wusste dies, ich kannte meine Eigenschaft, aber ich zog es vor, lieber nicht daran zu denken. Ich vergaß meine Neigung zu Wutausbrüchen einfach. Ich hätte mich gern als nette und sanfte Person gesehen. Was ich aber gerade erlebt hatte, zwang mich, der Realität ins Auge zu sehen. Ich erinnerte mich an bestimmte Wutausbrüche, die ich gern ignoriert hätte. Aber es war hart zuzugeben, dass ich diese aggressive Seite hatte, es tat weh.

Zwei Tage später sprach ich mit einem jungen Mädchen, mit dem ich schon in den Seminaren zusammengearbeitet hatte. Ich erzählte ihr, was ich erlebt hatte, sie sagte, dass sie schon vorher von mir den Eindruck hätte, dass ich leicht explodieren konnte. Normalerweise wäre ich verärgert gewesen, das von jemand anderem zu hören. Es war hart für meinen Stolz, aber ich spürte, dass auch sie mir einen Spiegel vorhielt. Ich hatte das Gefühl, eine Sache zu entdecken, die ich vorher nicht so klar gesehen hatte, nämlich welche Wirkung ich auf andere haben konnte.

Wahrscheinlich war es Gnade, die bewirkte, dass ich mich in der Folge damit nicht allzu sehr herumquälte, sondern beschloss, daran zu arbeiten. Ich wusste, ich konnte mich verändern, es lag in meiner Macht das zu tun. Der Spiegel, der mir vorgehalten worden war, brachte mich wieder auf den Boden der Tatsachen zurück und ich war letztlich dankbar dafür. Ich kehrte ins Yoga-Zentrum zurück mit einem Gefühl von Demut und Annahme des Erlebten. Ich glaubte erneut an die Macht und die gute Wirkung von Yoga. Ich verstand, was Läuterung bedeutete.

Ich empfand Dankbarkeit auch gegenüber meinem spirituellen Meister. Ich war ihr dankbar, dieses ungewöhnliche Mittel eingesetzt zu haben, um mir zu zeigen, was ich tun musste, um ein besserer Mensch zu werden. Ich fühlte mich in der Wahl meines spirituellen Weges bestätigt.

Einige Tage später ging ich in einen Quebecer Film über eine bekannte Familiensaga. Während ich ihn mir ansah, merkte ich, dass ich anstatt die Fehler der Personen zu sehen, wie ich es früher immer tat, verstärkt die Zuneigung zwischen den Familienmitgliedern wahrnahm. Dadurch wurde mir klar, dass meine Perspektive sich geändert hatte, ich war sensibler geworden gegenüber dem Wohlwollen von Menschen, nicht nur in diesem Film, sondern auch in meinen eigenen Beziehungen; meine Aufmerksamkeit wurde jetzt anders gelenkt, ich war empfänglicher für gute Absichten, Zuwendungen, Liebesbekundungen.

Moment der Glückseligkeit

Im Yoga-Center hatte ich ein Plakat gesehen, die Ankündigung eines Videovortrags unseres spirituellen Lehrerin zwei Wochen später. Ich fühlte ein großes Verlangen, diesen Vortrag zu hören. Ich konnte leider nicht. An jenem Abend hatte meine Freundin Jeannine mich zu sich eingeladen: sie würde leckeres Essen kochen, was sie gut konnte. Es war ein Abschiedsessen, mein Abflug nach Deutschland rückte näher. Ich wagte nicht ihr zu sagen, dass ich lieber ins Yoga-Zentrum gegangen wäre. Ich bedauerte sehr, diesen Vortrag zu verpassen.

Nachdem ich ihre Einladung akzeptiert hatte, musste ich zwei weitere ablehnen, eine von meiner Mutter, die andere von meiner Tochter Pascale. Sie wollten mir ebenfalls mit einem Abschiedsessen genau an diesem Tag auf Wiedersehen sagen. An jenem Sonntag fuhr ich gegen sechs Uhr abends los. Jeannine wohnte außerhalb von Montreal. Es fing an zu schneien. Es war der erste Schnee des Winters, der gefährlichste, da er die Straße rutschig machte. Ich sah, dass die Autos vor mir ihre Geschwindigkeit drosselten, der Verkehr wurde sehr langsam. Ich bekam Angst. Ich wollte nicht dreißig Kilometer unter diesen Bedingungen fahren, das war zu riskant. Ich fuhr zurück. Am Telefon klang Jeannine enttäuscht, das tat mir leid.

Ich rief meine Mutter an, sie hatte bereits gegessen, wir würden uns für ein anderes Mal verabreden. Pascale wollte zu meiner Schwester fahren, ich könnte später am Abend dazukommen. Ich sagte, dass ich nach meinem anderen Termin zu ihnen stoßen würde.

So war ich also frei, konnte am Video-Abend mit der großen Meditationslehrerin teilnehmen. Ich freute mich. Im

Yoga-Zentrum waren viele Leute, alle Stühle waren besetzt, die Leute auf dem Teppich saßen sehr eng nebeneinander. Ich fand einen kleinen Platz auf dem Fußboden, inmitten der Frauen. Ich war es nicht gewohnt, mich so hinzusetzen, ich stellte meine Beine vor mir auf und legte die Arme um meine Knie. Das war nicht bequem, aber es war mir egal.

Als das Video begann, schaute ich aufmerksam hin. Unser Meister saß in einem großen Sessel, die Beine unter ihrem Kleid gekreuzt. Ihr Gesichtsausdruck war gelassen, ihre Stimme klar und angenehm. Sie sprach in Hindi. Neben ihr stand eine Frau mit Mikrofon und übersetzte ins Englische.

Ich schaute unsere Lehrerin genau an, den Ausdruck auf ihrem Gesicht, ich hörte ihre Stimme, den Klang dieser Sprache, die ich nicht verstand. Sie machte nach jedem Satz eine Pause, um der Dolmetscherin Zeit zum Übersetzen zu geben. Ich schaute sie wieder an, war ganz versunken in meiner Kontemplation. Ich nahm den Sinn der Sätze in englischer Sprache wahr, aber das war nebensächlich, ich war zentriert auf das, was ich fühlte, fasziniert von der subtilen und starken Energie, die von ihr ausging. Nach dem Vortrag meditierten wir.

Nach Verlassen des Zentrums fuhr ich zu meiner Schwester. Ich war froh, sie und meine Tochter zu sehen. Wir drei bildeten eine liebevolle Dreierbande, meine Schwester, zwölf Jahre jünger als ich, Pascale zwölf Jahre jünger als meine Schwester. Wir verstanden uns alle drei, mochten uns sehr.

Während ich mit ihnen sprach, bemerkte ich, dass ich mich irgendwie anders fühlte. Ich empfand ein neues Glück, als gäbe es ein Licht in mir. Ich war auf eine andere Art bei ihnen, ein wenig losgelöst. Eine neue, ungewohnte Freude war in mir. Ich hatte den Drang zu lachen, grundlos.

Ich erzählte nichts von meiner Erfahrung. Wie hätte ich ihnen erklären können, dass eine spirituelle Meisterin, die ich an diesem Abend nicht mal persönlich erlebt hatte, mir ihre

Energie übermittelt, mir etwas von ihrem inneren Zustand eingeflößt hatte? Sie hätten es nicht verstanden. Ich verstand es auch nicht, aber ich erlebte es, für mich war es real.

Am nächsten Tag ging ich auf der Arbeit meinen Beschäftigungen nach. Am Nachmittag, als ich den Flur entlangging, wurde mir plötzlich bewusst, dass ich total *happy* war, ich fühlte eine Art von Glückseligkeit, ein starkes Gefühl, das mich vollständig ausfüllte. Ich machte weiter, was ich zu machen hatte, zugleich schwebte ich mit Erstaunen in einer Euphorie, die nirgendwo herzukommen schien, die einfach da war.

Nach der Arbeit hatte ich einen Termin bei einer Notarin, die mir eine Freundin empfohlen hatte. Ich war noch nie bei ihr gewesen. Ich fuhr auf die Autobahn und versuchte, den Anweisungen, die sie mir am Telefon gegeben hatte, zu folgen. Ich nahm eine Ausfahrt, bog nach rechts ab, dann nach links, ich fand den Ort nicht. Ich rief sie wieder an, sie versuchte, es mir erneut zu erklären, aber es war nichts zu machen. Nach vierzig Minuten gab ich auf, ich fuhr nach Hause.

Diese vergebliche Suche hatte das Gefühl der Euphorie in mir gemindert. Ich fragte mich, ob das starke Glücksgefühl mich von der Realität getrennt oder losgelöst hatte, mich unfähig gemacht hatte, normal zu funktionieren.

Am nächsten Morgen und an den darauffolgenden Tagen bedauerte ich, diese Sorge überhaupt gehabt zu haben. Ich sehnte mich zurück nach diesem Glücksgefühl, das ich nicht willentlich hervorrufen konnte, ich wünschte mir, es wieder zu erleben.

Für immer

Im September hatte ich meinen neuen Chef gefragt, ob ich erneut eine Auszeit nehmen könnte. Er hatte sich nicht offen dafür gezeigt; seiner Meinung nach sollte ich mich fragen, ob ich diese Arbeit wirklich weiter ausüben wollte oder nicht. Ich fand, dass er nicht ganz Unrecht hatte.

Im Oktober kam Christoph für eine Woche nach Montreal, bevor er nach Calgary weiterfuhr, wo er Untersuchungen über Indianersprachen und über die Hutterer anstellen und zugleich an einem Kongress teilnehmen wollte.

Nach zwei Monaten Trennung wieder seine Arme um mich zu spüren, seine Küsse auf mir: das war hinreißend, aber zu kurz. Nur eine Woche, so konnte das nicht weitergehen. Ich äußerte meinen Wunsch, ihm ganz zu folgen. Dieses Mal fühlte ich keinen Widerstand bei ihm. Ich muss sehr überzeugend gewesen sein, er zweifelte nicht mehr an meinem Entschluss.

Nunmehr war klar: wenn ich mit ihm leben wollte, musste ich meinen Arbeitsstelle kündigen. Ich hätte kein eigenes Einkommen mehr. Ich sagte ihm, wenn ich für immer käme, möchte ich gern heiraten. Es war wichtig für mich, in diesem fremden Land offiziell seine angetraute Ehefrau zu sein, unsere Beziehung auch förmlich zu besiegeln; auf diese Weise würde er mir zugleich finanzielle Sicherheit geben, die ich allein nicht mehr gewährleisten konnte. Er hätte es seinerseits vorgezogen, mit mir zusammenleben, ohne mich zu heiraten. Aber er verstand meinen Standpunkt. Wir vereinbarten zu heiraten, sobald er geschieden war.

Nach seiner Abreise überlegte ich weiter. Ende Oktober schrieb ich explizit die Gründe auf, warum ich mit ihm leben wollte, in meinem Tagebuch heißt es dazu, *um mich in Krisenzeiten daran zu erinnern.*

Ich wollte mit ihm leben, um mich ins Gleichgewicht zu bringen, um das Verhältnis zu mir selbst dynamisch zu erhalten, damit meine weibliche Energie durch seine männliche immer wieder in Balance gebracht wird. Christoph hatte gesagt, er verstünde nicht ganz, was das bedeutete. Ich selbst verstand es, aber auf verschwommene Weise, für mich war es gut, einen Gegenpol zu haben und damit zu zweit ein anderes Gleichgewicht zu erleben als das, was ich mir selbst geben konnte.

Ich wollte zweitens mit ihm leben, um mit mir selbst weiterzukommen. Mal hatte ich Gervaise erzählt, dass ich durch Christoph bewusster würde über mich selber. Sie hatte dann gesagt, dass er in gewisser Weise, zumindest in bestimmten Punkten, ein Lehrmeister für mich sei.

Ich wollte drittens mit ihm leben um zu lieben, um ihn zu lieben, um Gott in ihm zu sehen, wie unser Yoga-Meister es uns beigebracht hat. Ich wollte unseren Unterschieden ins Auge schauen, lernen, ihm zu vertrauen, meine Bedürfnisse deutlicher auszudrücken. Ich sah, dass es manchmal einfacher erscheint, alleine zu leben, ohne Konfrontation; ich hatte Lust die Heraus-forderungen eines Lebens zu zweit anzunehmen.

Schließlich wollte ich meine Sinnlichkeit, meine Leidenschaft mit ihm leben, unsere körperliche Liebe genießen und sie weiterentwickeln zu einer reifen Beziehung, die sich später in Zärtlichkeit verwandeln würde, die also auch im Alter andauern und nicht vorübergehen würde. Ich war mir erstaunlicher Weise sicher, dass es genauso passieren würde.

Am 28. Oktober sprachen wir am Telefon miteinander. Er sagte mir, dass er bereit sei, dass ich kommen könnte, wann ich wollte, dass er mich wollte und auch, dass er durchaus bis April warten könne. Unser Gespräch war voll von Verlangen und innerer Ruhe. Ich hatte den Eindruck, dass alles Nötige klar war, dass wir beide nunmehr auf Dauer zusammen sein wollten. Er ermunterte mich noch, meine Vorbereitungen zu genießen, mich auf keinen Fall unter Stress zu setzen.

Ich gab mir noch einige weitere Tage zum Nachdenken: sofort oder im April nächsten Jahres? Ich sah nicht, was Abwarten bringen würde. Ich fühlte mich bereit, hatte die Gewissheit, dass ich bis Weihnachten alles Notwendige schaffen würde.

Für mich war die Zeit gekommen zu handeln. Es waren zweifellos die spirituellen Erfahrungen, die ich seit meiner Initiation im Juli erlebt hatte, die mich stimulierten und mir Orientierung gaben: ich fühlte mich von einer Energie getragen, die ich nie zuvor gekannt hatte, ich fing an, die Schritte, die ich unternehmen musste, zu definieren, schrieb Listen. Ich war klar im Kopf, traf schnell Entscheidungen.

In weniger als zwei Monaten gelang es mir, mich von fast allen Dingen zu trennen, die sich bis dahin in meinem Leben befanden. Ich fand einen Mieter für meine Wohnung, verteilte meine Möbel auf meine Töchter, meine Schwester und meinen Ex-Mann. Meine Schwester Marie-Louise und ihr Mann waren einverstanden, dass ich einige Kartons und Kleidung bei ihnen im Keller ließ, ich würde sie später abholen. Ich organisierte meinen Umzug nach Europa.

Ende November gab es das erste Intensivwochenende, das direkt per Satellit aus Indien übertragen wurde; für uns in Montreal fanden die Veranstaltungen wegen der Zeit-verschiebung abends und morgens statt. Unser Meister erschien oft auf der Leinwand, war großzügig mit ihrer Präsenz: sie sprach zu uns, sang Mantras mit uns, leitete uns in die Meditation über. Es war ein echtes Abtauchen in ein Bad stimulierender Gnade. Der Meister lehrte uns, wir sollten den Gedanken aufgeben, von Gott getrennt zu sein, wir sollten uns des göttlichen Raumes in uns, unserer eigenen Göttlich-

178

keit bewusst werden und unsere Weisheit entsprechend weiterentwickeln.

Ich fühlte mich stark, unterstützt von der Macht dieser Gedanken und der Energie, die mir der Gesang und die Meditation geben. Ich hatte keine Angst mehr, ich hatte Vertrauen in mich, in Gott. Getragen von diesem Vertrauen regelte ich die letzten Formalitäten, sagte meinen Kollegen, meinen Freunden, meiner Familie Adieu. All diese Aktivitäten schafften zwar eine Spannung in mir, aber ich blieb zentriert. Ich ging ruhig meinem neuen Leben entgegen.

In guter Gesellschaft

Ich kam am 15. Dezember in der Stadt Osnabrück an. Christoph empfing mich mit einer Mischung aus Freude und Unglauben. Mehrfach fragte er mich:

- Bleibst du wirklich? Wirst du nicht wieder gehen?

Am nächsten Tag holten wir die Kinder ab, sie verbrachten den Sonntag mit uns. Kurze Zeit später feierten wir Weihnachten wie die vorhergegangenen Jahre, zu sechst, mit den Kindern, bei Lisa, ihr Freund Marcus war auch dabei. Im Wohnzimmer hatte sie einen großen Tannenbaum aufgestellt, geschmückt mit traditionellem Weihnachtsschmuck, den sie seit Jahren eifrig sammelte, wir aßen festlich und verteilten die Geschenke. Damit nahm ich die Beziehung zu unserer beachtlichen Patchwork-Familie wieder auf, zu den Freunden, zu den Eltern von Christoph, die wir in Hamburg besuchten. Ich knüpfte an das Leben an, das ich schon kennengelernt hatte, ich gewöhnte mich wieder ein.

Zugleich wollte ich mir die neue spirituelle Dimension erhalten, die es nun in meinem Leben gab, ich wollte Kontakt aufnehmen zu den Leuten, die das Yoga der Vollkommenheit in Deutschland, in meiner Gegend praktizierten. Vor meiner Abreise aus Montreal hatte ich Mathilde geschrieben, die ich damals bei dem Besuch im *Ashram* bei New York kennengelernt hatte. Sie lebte in derselben Region wie Christoph, sie würde mir weiterhelfen.

Kurz nach Weihnachten rief sie mich an, um mir zu sagen, dass die Yoga-Gruppe gemeinsam Sylvester feiern würde. Es würde bei einem der Mitglieder stattfinden, sie würden Mantras (das sind heilige Verse in Sanskrit) singen und um Mitternacht gemeinsam essen, jeder sollte etwas fürs Buffet mitbringen. Ich war überrascht, damit hatte ich nicht gerechnet. Ich hatte Lust hinzugehen.

Im Norden Deutschlands feiern die Menschen oft den 31. Dezember privat mit Freunden. Seit Jahren waren Christoph und ich immer bei ein- und demselben Paar zu Sylvester eingeladen. Wir trafen dort auf ihre Freunde und Nachbarn, wir aßen, tanzten und spielten zusammen. Um Mitternacht stießen wir an, tranken Sekt und schauten uns das Feuerwerk in der Nachbarschaft an. In jenem Jahr waren diese Freunde in Afrika unterwegs, so hatten wir keine Einladung von ihnen bekommen. Ich erzählte Christoph von dem geplanten Abend der Yoga-Gruppe.

Christoph zögerte. Er hätte es vorgezogen, mit Freunden zu feiern. Wir diskutierten darüber; aber als er sah, wie wichtig es für mich war, akzeptierte er, stattdessen am Fest der Yoga-Gruppe teilzunehmen. Er ließ sich von Mathilde am Telefon erklären, wie man dorthin gelangte. Es fand statt in einem kleinen Ort bei Osnabrück. Unsere Gastgeberin hieß Ulla, sie wohnte in einem großen, stattlichen Haus. Sie empfing uns herzlich. Wir sangen in einem Wohnzimmer, in dem Fotos von mehreren Meditationslehrern standen, viele Blumen und Kerzen, wie in den Yoga-Zentren. Einige Teilnehmer saßen auf dem Fußboden, andere, wie ich, auf Stühlen. Während des durchgehenden Gesangs konnte man sich, wenn man wollte, in dem Raum nebenan stärken. Ich fragte mich, wie Christoph es wohl fand, dann dachte ich, dass er es wahrscheinlich mochte, da er nicht in den Nebenraum gegangen war. Er blieb um mitzusingen. Ich mochte das Singen auch sehr gern, bin aber trotzdem manchmal rausgegangen, um etwas zu trinken. Um Mitternacht fand der fröhliche Höhepunkt statt, den ich bereits kannte: während eine Frau das *Arati*tablett schwenkte, sangen wir alle zusammen zu dieser Zeremonie aus vollem Herzen. Es war einfach nur schön. Dann kamen wir alle zum gemeinsamen Essensschmaus zusammen, es waren ein Dutzend Leute.

Man informierte uns, dass sich die Gruppe einmal pro Woche zu einem *Satsang* traf, in der Nähe von Münster, eine halbe Autostunde von meinem neuen Wohnort entfernt. Ich sagte mir, dass ich gern dort hinkommen würde.

Die Hilfe kommt per Post

In der ersten Woche des neuen Jahres hatte ich eine starke Grippe, ich hustete, hatte Fieber. War es mein Körper, der auf die Veränderung, die ich gerade durchlebte, reagierte? Christoph kümmerte sich rührend um mich, ich merkte, dass er sich Sorgen machte. Als wir feststellten, dass das Fieber andauerte, ließ er eine Freundin kommen, die Ärztin war, sie verschrieb mir Antibiotika. Ging nicht anders.

Eine Woche später begann ich mich zu erholen, es war der erste „normale" Tag. Ich war froh, in Osnabrück angekommen zu sein, ich fühlte mich am richtigen Platz. Ich hatte keinen Zweifel an dem Schritt, den ich gemacht hatte. Ich wollte mit diesem Mann leben, mir ein neues Leben mit ihm aufbauen.

Mir gefiel die warme Ausstrahlung unserer Wohnung, die Intimität unserer gemeinsam verbrachten Zeit. Es schien mir, als hätten wir eine neue Basis der Verbundenheit, auch des Respekts vor einander gefunden. Ich wollte die Dinge auf mich zukommen lassen, wollte mir Zeit nehmen, an Klarheit gewinnen, mich nicht zu schnell in neue Handlungen einlassen oder gar in Aktion stürzen.

Christoph dagegen ermutigte mich, nicht allzu lange zu warten, er befürchtete, dass der Mangel an Eigenaktivität und der sozialen Verankerung eine deprimierende Wirkung auf mich haben könnte. Also folgte ich seinem Rat, ich machte eine Liste von den Dingen, mit denen ich meine Tage füllen und wen ich besuchen wollte. Unter anderem gehörte die Textverarbeitung dazu, ich wollte das Programm „Word" noch besser lernen und beherrschen.

Eines der wichtigsten Dinge für mich war die Weiterverfolgung meines spirituellen Weges, in Kontakt zu bleiben mit dem Yoga der Vollkommenheit. Ich hatte vor, dies durch

Fernkurse umzusetzen. Meine Freundin Gervaise aus Montreal hatte mir von einem solchen Kurs erzählt, sie glaubte, dass er mir helfen könnte während meiner Eingewöhnungszeit. Sie hatte mir geraten, mich rechtzeitig in einen Kurs einzuschreiben. Ich hatte meine Anmeldung im Voraus abgeschickt, so dass ich die ersten Briefe schon Anfang des Jahres erhielt.

Ich konnte es kaum erwarten, die Kursunterlagen einzusehen. Der erste Umschlag kam Ende Dezember. Es waren zwei Kursbriefe von jeweils ungefähr zehn Seiten in gut lesbarer Schrift darin enthalten plus eine vierseitige Einführung, alles auf Englisch. Man hatte einen Monat Zeit, um die beiden Briefe zu studieren, ich nahm mir vor, jeden der Briefe für jeweils zwei Wochen durchzuarbeiten.

In der Einführung erklärte der Verfasser namens Ram, dass dieser Kursus anders sei als andere Fernseminare. Das Wichtige war nicht allein der Text selbst, sondern der Prozess, der beim Lesen ausgelöst wurde und der bei jedem Menschen anders war. Der Kurs war sozusagen ein Mittler, eine Art Transportmittel von Gnade oder von *Shakti*, wie es im Sanskrit heißt; er stelle den Kontakt mit einem subtilen Raum in dem Leser her, er erzeuge Vibrationen. Der Autor schlug vor, jeden Brief mehrfach zu lesen, je öfter man ihn las, umso intensiver wurde der Prozess der Auseinandersetzung und der Aneignung mit dem Inhalt. Er empfahl, das innere Erleben dabei genau zu beobachten.

Ich fing an, den ersten Brief zu lesen, nach zwei Seiten hörte ich auf. Ich musste eine Pause machen, darüber nachdenken, was ich gerade gelesen hatte, und dann, etwas später, las ich weiter. Es gab mehrere Themen. In einem Teil des Briefes zitierte der Verfasser unseren Meister im Hinblick auf das zu verfolgende Ziel, nämlich das Selbst zu erfahren. Dann sprach der Autor von der Wichtigkeit, nichts Negatives in anderen zu sehen, und nichts Schlechtes über sie zu sagen, denn das sei ein Problem der falschen Wahrnehmung. Wir sollten andere aus der Perspektive des Selbst sehen, als Beobachter, weil das Selbst auch in anderen ist. Jeder ist auf unterschiedliche Weise in unterschiedlichen Stadien auf dem Weg zu seinem Selbst. Die Erklärungen dazu musste ich mehrmals lesen.

Ich las den Brief einmal durch und in den darauffolgenden Tagen immer wieder, mehrfach, wiederholt. Ich dachte während des Tages darüber nach; abends las ich eine Seite oder zwei weitere Seiten, bevor ich mich schlafen legte, und ich schlief damit friedlich ein.

Im Laufe der Wochen wurden mir die Schwierigkeiten bewusst, die ich doch damit hatte, für immer in Deutschland zu leben. Ich hatte geglaubt, dass ich gut vorbereitet sei. Ich sprach die Sprache schon ganz gut, hatte zwei lange „Probe"-Aufenthalte durchgemacht, ich kannte das Alltagsleben, hatte einige Freundinnen.

Aber ich war nicht darauf gefasst, welch ein Schock es tatsächlich für mich sein würde, mich fern der Heimat wiederzufinden: ohne meine Familie, ohne meine Arbeit, ohne meine französischsprachigen Freunde, ohne mein Netzwerk an sonstigen Kontakten. Ich fühlte mich geschwächt, reduziert. Ich hatte nicht mehr denselben Halt wie Wochen vorher. Ich hatte doch einen Teil meiner Sicherheit verloren, fühlte mich eingeschüchtert, zum Beispiel von der Kassiererin eines Feinkostladens, die mich anmachte. Ich hatte sogar Angst, Auto zu fahren. Ich war zerbrechlich, verletzbar geworden.

Der Fernkurs bot mir dagegen einen Halt, half mir, meinen Tag zu strukturieren. Wenn Christoph aus dem Haus ging, nahm ich den Brief zur Hand, er leitete mein Denken, ich wandte ihn auf mein Leben an. Als ich las, dass unsere Gedanken die Wahrnehmung unserer Realität beeinflussen, war ich an dem Tag gerade kritisch eingestellt. Ich bemerkte negativ, dass Christoph seine Zeit schlecht einteilte, er war oft zu spät dran, das nervte mich. Ich begriff aber auch, dass die Wahl unserer Gedanken unsere Wahrnehmung und unser Leben beeinflussten. So versuchte ich, statt Christophs Probleme mit seinem Zeithaushalt eher seine positiven Qualitäten zu sehen, das schaffte eine neue Chance der Öffnung und des Austausches zwischen uns.

Diese Idee beeinflusste auch meine Art, die Vergangenheit zu betrachten. Ich wusste, wenn ich ständig darüber sinnierte, was ich alles verlassen hatte, würde ich unglücklich werden, und ein Gefühl des Mangels blieb übrig. Ich beschloss, mich auf das zu konzentrieren, was ich an Neuem erlebte. Meine Meditationspraxis half mir, mich auf das Hier und Jetzt, mich auf die guten Momente meines veränderten Lebens auszurichten.

Die Briefe beinhalteten also diverse Lehren, einige konkret, andere tiefsinnig und erstaunlich. Nach und nach enthüllten sie eine Vision von Gott und der Welt die in eine tiefe Weisheit mündete. Mit kleinen Strichen malten sie ein Bild, das mich faszinierte und meinem tiefen Verlangen nach Lebenssinn entsprach.

Einige Briefe hatten die Öffnung des Herzens zum Thema, wie man sich selbst und andere annehmen kann. Sie inspirierten mich in meiner Beziehung zu Christoph, halfen mir, die Liebe im Alltag zu leben, ihm seine Ungeduld zu verzeihen und mir meine Wutausbrüche.

Dort, wo wir wohnten, war der Himmel oft bedeckt, aber die Sonne schien manchmal, besonders am frühen Morgen. Das war meine Lieblingszeit, um rauszugehen und in der Nähe um einen kleinen See herum zu spazieren, der von vielen Büschen umgeben war. Entlang des Weges, der um den See herum führte, waren Bänke, auf die ich mich zum Lesen setzen konnte. Ich erlebte hier glückliche Momente, nachdem ich einige Seiten aus einem der Briefe gelesen, die Natur, den Himmel und das Wäldchen bewundert, dem Gesang der

Vögel zugehört hatte. Mich amüsierte es zum Beispiel, wenn ich die Enten im Frühling am Ufer entlang watscheln sah, gefolgt von einer Handvoll Entenküken.

Im Frühling eröffnete sich mir eine neue berufliche Perspektive, es ging um die Übernahme eines Französisch-Kurses an der Universität. Ich bewarb mich und wurde genommen. So war ich ein wenig mehr beschäftigt. Ich kehrte mit Freude zum Unterrichten zurück, ich hatte den Kontakt mit den Lernenden immer sehr gern gemocht.

Während des ganzen Jahres las ich weiter in meinen Kursbriefen, sei es in Osnabrück, meinem neuen Zuhause, sei es auf der Reise nach Montreal oder im Urlaub in der Sonne - die Briefe begleiteten mich, die Lektüre veränderte schrittweise meinen Blick auf das Leben.

Universelle Energie

Nach neun Monaten Aufenthalt in Deutschland und etwas mehr als einem Jahr nach meiner Entdeckung des Yoga der Vollkommenheit fuhren wir Anfang September für fünf Wochen gemeinsam nach Montreal. Christoph hatte eine Dienstreise in Kanada durchzuführen, es lag ihm sehr am Herzen, mit mir zusammen meine Lieben wiederzusehen. Ich war darüber sehr glücklich.

Meine Schwester Marie-Louise bewohnte ein großes Haus mit ihrem Ehemann und ihren vier Kindern. Sie hatte mich sehr ermutigt, als ich mich entschloss, nach Deutschland zu ziehen. Sie bot an, uns bei sich zu beherbergen. Bei unserer Ankunft lag meine Tochter Anne-Marie im Krankenhaus. Sie war gerade ein zweites Mal am Gehirn operiert worden, man wollte versuchen, die Ausbrüche ihrer Epilepsie zu verringern. Einige Tage vor ihrer Entlassung aus dem Krankenhaus nahm ich an einem zweitägigen Seminar teil, das von Ram in Montreal durchgeführt wurde, dem Autor des Fernkurses. Ich hatte den Wunsch, ihn persönlich kennenzulernen, ihn *live* zu erleben. Es war wiederum mein Glück, dass das Seminar just zu dem Zeitpunkt stattfand, als ich gerade in Montreal weilte.

Am Samstagmorgen nahm ich also Platz auf einer der obersten Hörsaalstufen. Zunächst sprach eine Frau über die Wirksamkeit des Gebets, sie kam gerade nach einem langen Aufenthalt im *Ashram* aus New York zurück, ich fand sie inspirierend. Plötzlich hatte ich Bauchkrämpfe, ich wand mich vor Schmerzen. Es war der Beginn der Menopause, meiner Wechseljahre, ich hatte so etwas vorher noch nie gehabt. Ich versuchte, tief durchzuatmen, den Bauch aufzupumpen, um mich danach zu entspannen. Dann fühlte ich das Blut meine

Beine entlang laufen, der Schmerz ließ nach. Ich ging auf die Toilette, wusch meine Nylonstrümpfe und meine Unterwäsche mit kaltem Wasser, wrang alles gut aus und tupfte es mit Papiertüchern ab, dann zog ich sie wieder an und hoffte darauf, dass die Wärme meines Körpers alles trocknen würde.

Ich ging etwas benommen in den Saal zurück, fand eine Möglichkeit, mich zwischen den Rängen auf den Boden zu legen, niemand sagte etwas, man ließ mich gewähren. Nach und nach fühlte ich mich besser, ich konnte mich wieder hinsetzen.

Ram kam auf die Bühne, ein großer und starker Mann, mit schlackernden Armen, er sah aus wie ein unbeholfener Bär. Er sprach mit einfachen Worten, ich erkannte den Esprit seiner Briefe wieder. Beim Mittagessen saß ich mit anderen Teilnehmern an einem langen Tisch, bis auf eine Person kannte ich niemanden. Ich hatte in Montreal nur wenige Besuche im Yoga-Zentrum absolvieren können, hatte die Stadt schon bald nach der Initiation wieder verlassen, ich hatte nicht viele Leute kennenlernen können.

Alle sprachen von *Reiki*. Viele hatten eine Fortbildung mit *Reiki* gemacht. Ich hatte dieses Wort noch nie gehört. Man erklärte mir, dass es sich um eine Heilungsenergie handele, die jeder von uns besitzt und die durch die Hände strömt. Um sie zu aktivieren, bedurfte es ebenfalls einer Initiierung; und es ergab sich, dass der *Reiki*-Lehrer selbst, der viele bereits eingeweiht hatte, zufällig auch am Seminar teilnahm.

Ich dachte sofort an meine Tochter. Wenn ich Zugang zu dieser Energie bekäme, könnte ich ihr vielleicht direkter helfen. Also wandte ich mich sogleich an den *Reiki*-Lehrer, er hieß Roger, ein Mann um die dreißig. Er bot eine Initiierung im Rahmen von Wochenendkursen an, der nächste Kurs würde in zwei Wochen stattfinden. Ich konnte nicht daran teilnehmen, denn ich fuhr am kommenden Freitag schon wieder weg. Roger erklärte sich bereit, eine Ausnahme zu machen und mir eine Einweihung in komprimierter Form an einem Vormittag zu geben. Er gab mir einen Termin für den darauffolgenden Dienstag.

Hatten die Schmerzen, die ich gehabt hatte, mich offener gemacht? Ich hatte meine natürliche Skepsis bei Seite geschoben, ich akzeptierte diese völlig neue Idee ohne Probleme. Da ich zum ersten Mal von Reiki in einem Yoga-Seminar hörte, so schien mir das ein Zeichen von oben zu sein, ein Hinweis von unserem spirituellen Meister. Die Tatsache, dass Roger zugleich ein Yoga-Anhänger war, gab mir Vertrauen.

Das Seminar ging weiter. Ram sprach sehr lebendig, wir lachten Tränen, als er uns erzählte, wie unser Meister ihn in einem Theaterstück über indische Legenden die Rolle eines Riesen spielen ließ, für die er sich auf Stelzen stellen musste; wir verstanden, dass unsere Lehrerin dieses Mittel gewählt hatte, um ihm zu helfen, seine Schüchternheit zu überwinden und sich in seinem großen Körper wohler zu fühlen. Ich verließ das Seminar hocherfreut über die Anregungen, die ich dort bekommen hatte.

Am Dienstag darauf ging ich zu Roger, in den Stadtteil *Mont-Royal*. Er wohnte im ersten Stock eines schmalen Hauses, ein großer, heller Raum, in dem auf kleinen Tischen die Porträts der spirituellen Lehrer des Yogas der Vollkommenheit standen und auch die einiger japanischer *Reiki*-Meister. Er berichtete mir in Kurzform über die Geschichte des *Reiki*. Ein japanischer Mönch, Dr. Usui, hatte ein verlorengegangenes Geheimnis wiederentdeckt, als er zu verstehen versuchte, wieso Jesus durch Handauflegung heilen konnte. Roger riet mir, Bücher zu lesen, um mehr darüber zu erfahren.

Er bat mich, auf einem Hocker Platz zu nehmen und meine Hände auf meine Brust zu legen. Um mich zu initiieren, würde er Zeichen machen, die ich nicht sehen durfte, ich sollte die Augen schließen. Es verging eine Zeit, ich nahm an, er machte Zeichen. Dann berührte er meine Hände, blies hindurch und auch auf meine Stirn. Nach der Initiierung gab er mir eine Skizze, die zeigte, wie ich meine Hände auf mich legen sollte, um mir selbst Energie zu geben, und eine weitere Skizze über die Art und Weise, wie man die Energie jemand anderem zugutekommen lassen konnte.

Bernard holte mich bei Roger ab: wir fuhren ins Krankenhaus, um Anne-Marie und ihren Mann abzuholen und sie zum Flughafen zu bringen. Vom Rücksitz des Autos aus legte ich meine Hände auf meine Tochter, so oft und so gut ich es konnte, auf ihren Arm, ihren Schenkel, in der Hoffnung, dass es etwas bewirken würde.

Nach ihrer Abfahrt brachte Bernard mich zu meiner Schwester. Ich war erschöpft, legte mich aufs Bett, die Skizzen neben mich. Ich begann, mir die Hände aufzulegen, erst auf das Gesicht, dann auf den Hals, nach einigen Minuten veränderte ich die Position. Ich fühlte sogleich Entspannung, eine Art leichter Betäubung, fast eine Schläfrigkeit. Als ich die verschiedenen Stellungen beendet hatte, wachte ich plötzlich auf, mit klarem Geist, fühlte überhaupt keine Müdigkeit mehr. Ich konnte es kaum glauben, ich fühlte mich belebter, als wenn ich geschlafen hatte.

Christoph kam. Ich hatte ihm nichts von *Reiki* erzählt. Aber nach all dem, was ich gerade erlebt hatte, hatte ich den Drang, das mit ihm zu teilen. Er reagierte positiv:

- Ich habe immer gewusst, dass du Macht in deinen Händen hast. Bitte leg mir die Hände auf.

Ich war erfreut, dass er so offen war.

Zurück in Deutschland machte ich weiter damit, ich gab mir weiterhin jeden Tag Energie, während der Siesta, am Nachmittag. Jedes Mal stand ich erfrischt, mit gestärkter Kraft auf. Ich hatte die Initiierung ursprünglich haben wollen, um meiner Tochter zu helfen, am Ende war ich es, die am meisten davon profitierte.

Reiki, das ist eine wohltuende, heilende Energie, die durch die Hände strömt. Viele glauben nicht daran. Ich vertraute dem, was ich körperlich an mir wahrnahm, dem verbesserten Wohlbefinden, das ich ohne Zweifel fühlte.

Den Namen Gottes singen

Während des Seminars von Ram im September hatten wir Mantras gesungen. Es war Monate her gewesen, dass ich diese Erfahrung gemacht hatte, zuletzt im Jahr zuvor während des *Intensive* und der *Satsangs*. Den Namen Gottes zu singen - das haben die Meister betont und oft wiederholt - ist eines der machtvollsten Übungen, um das Herz zu öffnen und mit dem Göttlichen in Berührung zu kommen. Diese erneute Erfahrung war so stark und gut, dass ich eine Art Sehnsucht danach verspürte: ich wollte dies öfter erleben.

Also hatte ich mir geschworen, in Deutschland zum *Satsang* zu gehen. Ich konnte zwar gut alleine meditieren, was ich jeden Tag auch tat. Aber singen, das machte ich lieber in einer Gruppe. Ich bat Christoph, mich dorthin mitzunehmen; am ersten November besuchten wir einen Singe- und Meditationsabend.

Der Saal, in dem der *Satsang* stattfand, war nicht sehr groß, gerade groß genug für die etwa zwanzig Personen, die daran teilnahmen. Eine Frau hieß uns willkommen, dann sprach sie über eine der Yogalehren, sie las Auszüge aus einem Buch. Ich hörte aufmerksam zu, all das auf Deutsch zu verstehen war noch eine ziemliche Herausforderung für mich, doch der Inhalt faszinierte mich.

Vorn saßen Musiker im Schneidersitz auf dem Fußboden. Ulla spielte Harmonium, ein Mann den *Mridang*, eine längliche, indische Trommel. Vier Personen saßen neben ihnen auf dem Fußboden und sangen jeweils eine Strophe vor, wobei der Rest der Gruppe diese im Wechsel nachsang. Der Gesang begann erst langsam, die Melodie war sanft, wohlklingend. Es war leicht, die Worte waren einfach zu merken, sie wiederholten sich immer. Ich brauchte mir keine

Sorgen zu machen, ob ich richtig sang: ich mischte meine Stimme in die der anderen. Das gab mir Freude am Singen, wo ich doch in der Schule aus dem Chor geflogen war, weil ich angeblich falsch sang. Während die kleine Gruppe vorn die nächste Strophe vorgab, schloss ich die Augen, ich ließ die Töne in mir weiter vibrieren; wenn ich bzw. alle anderen wieder dran waren, sang ich aus ganzem Herzen mit.

Plötzlich fing ich an zu gähnen. Ich konnte nichts dagegen tun, ich gähnte herzhaft, die Tränen liefen. Es dauerte lange Minuten, und dann fühlte ich meistens eine tiefe Entspannung.

Die Musiker zogen nach und nach das Tempo an, wir sangen immer schneller, bis zu einem ekstatischen Höhepunkt. Dann hörte die Trommel auf, wir wiederholten die letzten Worte langsam, zweimal, dann hörten wir auf. Die Moderatorin leitete zur Meditation über: ich liebte das, obwohl ich wusste, wie man meditierte, fand ich es inspirierend, diese hilfreichen Anweisungen zu hören. Am Ende des Abends wurde angekündigt, dass es Ende November wiederum ein Intensivwochenende der Meditation geben würde, dieses Mal in Deutschland.

Zuhause sprach ich darüber mit Christoph. Mein letztes *Intensive* war ein Jahr her. Ich hatte Lust, daran teilzunehmen und war der Meinung, dass es eine gute Idee wäre, wenn auch Christoph daran teilnehmen würde. Ich hatte ihm ein wenig von den langen Meditationen erzählt, die ich erlebt hatte. Ich erklärte ihm, dass er eine Initiation erhalten würde, die Erweckung seiner spirituellen Energie, dank der Macht, die unser Meister besitzt, um eine eben solche Erweckung herbeizuführen.

Später sagte Christoph mir, dass er diesen Vorschlag nur deshalb akzeptiert hatte, weil er eine Veränderung in mir sah, wahrscheinlich als Auswirkung dessen, was ich als Erweckung bezeichnet hatte. Er fand mich zärtlicher, aufmerksamer, liebevoller, zugewendeter ihm gegenüber, weniger leicht zum Zorne neigend; er sah meine Absicht, mit ihm zu teilen, was ich erlebt hatte, und er wollte dies verstehen.

Das *Intensive* wurde per Satellit nach Hamburg übertragen, nicht weit entfernt von dem Haus seiner Eltern. Wir kamen bereits am Freitag an und schauten uns den Ort des Geschehens vorher an. Die Veranstaltung fand in einem alten, mit Reet gedeckten Fachwerkhaus statt, das Tagungen wie dieser und Ausstellungen diente.

Das *Intensive* dauerte zwei Tage. Unsere Meditationslehrerin zeigte viel Präsenz. Sie sprach zu uns, wir sangen und meditierten mit ihr. Von Zeit zu Zeit schaute ich zu den Männern, ich fragte mich, wie es Christoph wohl erging. Er schien zufrieden.

Der Gesang am Ende des *Intensive* endete ekstatisch. Als ich zu Christoph herüberging, hatte er den Drang, zu dieser Musik zu tanzen, er war glücklich, fast euphorisch. Er sagte mir, dass er sich erfüllt fühlte, er hatte ein Gefühl von Einheit: seine Liebe zu Gott, seine Liebe zu mir, der Strom unserer körperlichen Anziehungskraft, die spirituelle Übereinstimmung zwischen uns, all dies war in einer einzigen Erfahrung vereint, es gab keinerlei Widersprüche für ihn. Ich war bewegt von der Richtigkeit und der Tiefe seines Verständnisses.

Am nächsten Morgen, während der Rückfahrt nach Osnabrück, gab es einen Stau. Normalerweise hätte Christoph sich aufgeregt, er hätte auf die schlechten Fahrer geschimpft, auf die Baustellen, die Polizei. Aber wir hatten gerade das *Intensive* hinter uns. Ich wollte die Ruhe, die in uns war, bewahren und Christoph sicher auch. Er war sofort einverstanden mit meinem Vorschlag, das Mantra zu singen. Ich fing an, er sang nach, manchmal sangen wir gemeinsam, manchmal abwechselnd. Die Zeit verging schnell, plötzlich löste sich der Stau auf, wir konnten weiterfahren.

Christoph hatte an dem *Intensive* teilgenommen, er hatte unseren Meister gesehen, ihre Lehren gehört. Er hatte die Initiation erhalten. Er verarbeitete diese Erfahrung anders als ich, für ihn ersetzte dieser spirituelle Weg nicht seinen christlichen Glauben, er ergänzte und belebte ihn vielmehr.

In den folgenden Wochen bin ich oft zum *Satsang* gegangen, manchmal mit Christoph, manchmal ohne ihn, er konnte nicht immer, er musste zum Teil arbeiten. Er ermutigte mich jedoch, alleine dort hinzugehen, ich fühlte seine Unterstützung. Er sah meinen heiteren Zustand, wenn ich zurückkam. Ich konnte dies mit ihm teilen, nun verstand er, wovon ich sprach.

Nach und nach lernte ich die Mitglieder der Gruppe kennen, ich freute mich darauf, sie wöchentlich wieder-zusehen. Einmal sprach ich mit dem Musiker, der Trommel spielte: er erzählte mir, dass er jeden Tag übe, dass das für ihn wie eine Meditation sei. Ich verstand, warum seine Art zu trommeln so fesselnd war.

Das Singen begeisterte mich, ich war beglückt über die Vielfalt der Mantras und Melodien. Oft gähnte ich zu Beginn einer Veranstaltung mehrere Minuten lang. Eines Abends fragte mich eine der Teilnehmerinnen, ob ich traurig sei, sie hatte meine Tränen über das Gesicht laufen sehen. Ich erklärte ihr, dass dies die Auswirkung des Gähnens sei, nein, ich sei nicht traurig, im Gegenteil, ich sei entspannt und glücklich.

Der *Satsang* wurde zum wöchentlichen *Rendez-vous* mit mir selbst, mit der Freude am Singen und Meditieren, und mit der Gnade des Meisters, die Quelle meiner Ausgewogenheit und Zufriedenheit.

Das Brautkleid

Das Datum unserer Hochzeit stand fest, die Einladungen waren verschickt, das Restaurant gemietet. Der Tag war wie folgt geplant: Morgens die zivilen Formalitäten im Rathaus, nachmittags die religiöse Zeremonie in der protestantischen Hauptkirche, der Marienkirche zu Osnabrück. Ein befreundeter Pastor und Theologie-professor der Universität würde unsere Eheschließung segnen. Abends würden wir mit Mitgliedern von Christophs Familie und engen Freunden in ein französisches Restaurant gehen, das uns als geschlossene Gesellschaft akzeptierte.

Für die zivile Trauung hatte ich ein lachsfarbenes Kostüm vorgesehen, mit kurzem Rock und weißem Hut. Für den Nachmittag in der Kirche wollte ich etwas Besonderes. Christoph schlug mir vor, mit Ellen, einer guten Bekannten, einkaufen zu gehen: *Sie hat Geschmack, sie kann dich gut beraten.* Ellen war eine schöne Frau, vollschlank, ohne dick zu sein, mit leuchtend rotem Haar, ich fand sie elegant. Sie hielt sich sehr gerade und hatte eine Art sich zu präsentieren, zu schwingen beim Gehen, ihren Körper herauszustellen, als wollte sie sagen: schaut her, hier komme ich. Sie trug geschmackvolle Kleidung, die Stil hatte, ohne teuer zu sein, schwarz, beige. Sie fiel auf, hob sich von den anderen deutschen Frauen ab, die wir kannten. Mal hat ein Freund über sie gesagt, sie sei ein Paradiesvogel.

Christoph hatte früher mehr als eine Freundschaft für Ellen empfunden; er hatte mir glaubhaft berichtet, dass diese Beziehung ihn für mich vorbereitet hätte. Sie war verheiratet, ihr Mann wusste von ihren Abenteuern und akzeptierte diese. Sie sagte, dass sie ihren Mann rundum liebe und ihn nie verlassen würde. Eines Tages hatte Christoph beschlossen, dieses Abenteuer zu beenden, sich und der Beziehung zu seiner Frau Lisa eine neue Chance zu geben. Ellen und er waren Freunde geblieben, und als ich nach Deutschland kam, sind auch wir Freundinnen geworden.

Ich dachte, dass ich mit ihrer Hilfe das Kleid finden würde, das ich suchte. Ich hatte keine genaue Vorstellung davon, was ich wollte. Ich ging mit ihr in eine Boutique für extravagante und teure Kleidung. Mit ihrer Hilfe wählte ich ein Ensemble aus leichtem Stoff in einem hellen, leuchtenden Weiß-Rosa, das meinen dunkleren Teint zur Geltung brachte. Der Bolero hatte Spitzeneinsätze und Perlen. Ich hatte noch nie ein so hübsches, auffallendes Kleid besessen. Ellen, die meine Trauzeugin sein sollte, hatte eines in ähnlichem Stil gewählt, diskreter, in einem blaugrauen Ton, der ihre grauen Augen und ihre Haare unterstrich.

Ich kaufte das Kleid und brachte es nach Hause. Ich wollte es Christoph nicht zeigen, es sollte eine Überraschung sein. Eines Nachmittags kam ich nach Hause mit der Idee, das Kleid erneut anzuprobieren, um dessen Wirkung zusammen mit den zierlichen Sandalen zu überprüfen, die ich gerade gekauft hatte. Ich musste mir Gewissheit verschaffen, weil dieses Kleid so anders war als diejenigen, die ich für gewöhnlich trug. Ich zog es an und betrachtete mich im Spiegel. Plötzlich ging die Wohnzimmertür auf, Christoph war doch da. Ich war so sicher gewesen, allein im Hause zu sein.

Wie vom Donner gerührt wusste ich nicht, was ich sagen sollte. Auch er sah perplex aus, als er mich und das Kleid sah:

- Du hast immer gesagt, du wolltest nicht in weiß heiraten.

Das stimmte, ich hatte gefunden, ein weißes Kleid mit Schleier in meinem Alter und bei der zweiten Hochzeit, das war nicht passend, das schickte sich nicht. Jetzt aber verteidigte ich mich:

- Das ist gar nicht weiß, das ist hellrosa.

- Ich versichere dir, es sieht wie weiß aus. Es scheint mir für die Kirche nicht angemessen. Es ist ein sehr schönes Kleid, aber es macht den Eindruck, als würdest du in weiß heiraten.

Ich war sehr enttäuscht, dass er das so sah. Es war ein so schönes Kleid. Ich wollte nicht darauf verzichten. Aber ich verstand auch, dass er das nicht sagte, um mich zu ärgern, und dass andere das vielleicht genauso wahrnehmen könnten wie er. Christoph schlug vor, die Meinung von Dieter einzuholen, dem Ehemann von Ellen. Wir fuhren zu ihnen, ich zog das Kleid an. Er reagierte so wie Christoph. Wir sprachen lange zu viert darüber bei einem guten Glas Wein.

Nach und nach überwand ich meine Enttäuschung und akzeptierte die Sichtweise von Christoph und Dieter. Die schlugen vor, dass ich das Kleid beim Empfang am Abend tragen sollte. Auf dem Standesamt dagegen könnte ich ein rosafarbenes Sommerkleid aus Baumwolle tragen, das mir sehr gut stand. In der Kirche wären das lachsfarbene Kostüm und der Hut perfekt. Ich stimmte zu. Der Kompromiss, den wir gefunden hatten, machte mich zufrieden, ich war froh, in diesem Punkt offen und nachgiebig gewesen zu sein anstatt meinen Kopf durchzusetzen. Ich hatte den Eindruck reifer geworden zu sein.

Am Tag der Hochzeit, als Christophs Mutter an der Kirche ankam, sagte sie mir, ich sähe entzückend aus. Ich fühlte mich wohl, war nicht zu extravagant gekleidet, alles war angemessen. Nach der Trauung gingen wir nach Hause, um mit unseren Gästen einen Aperitif zu trinken. Später zog ich mich um, trug das weiß-rosa Kleid am Abend im Restaurant. Es hat mir viele Komplimente eingebracht.

Ich zog dasselbe Kleid noch einmal in Montreal an, als wir unsere Hochzeit dort mit der Familie und einigen Freunden noch ein zweites Mal feierten. Und ich trug es auch einige Wochen später wieder, als wir in Deutschland ein großes Fest mit etwa sechzig Freunden anlässlich unserer Hochzeit und

Christophs Geburtstag feierten. Wir hatten dafür ein altes Bauernhaus auf dem Land gemietet.

An jenem Tag sagte Dieter zu mir, ich sei „zum Vernaschen". Ich kannte diesen Ausdruck noch nicht, er erklärte ihn mir mit einer machohaften Selbstgefälligkeit, die nicht verbarg, dass ich ihm gefiel. Ich war ein wenig verlegen. Dieter war ein schöner Mann, der in Einklang mit sich schien und gleichzeitig etwas Unergründliches hatte. Im Rathaus war er mein Trauzeuge gewesen, nachdem Ellen ihre Ausweispapiere vergessen hatte. Bevor er sein Einverständnis erklärte, für sie einzuspringen, hatte er mich zur Seite genommen und mir, halb im Scherz, halb im Ernst gesagt, dass ihm die Bedeutung meiner Geste bewusst sei, und dann gefragt, ob es wirklich Christoph sei, den ich heiraten wolle.

Auf dem Fest machte ich Christoph ein Geschenk, das ich königlich, fast biblisch fand. Ich schenkte ihm eine Bauchtanz-Performance, ausgeführt von einer jungen Deutschen, bei der ich Unterricht genommen hatte. Sie gab eine hinreißende Vorstellung, harmonisch, sinnlich, übersprudelnd vor Leben, aber nicht zu lasziv. Sie schlängelte sich mit so viel Hingabe, dass man selbst Lust zum Tanzen bekam. Direkt nach ihrer Vorführung stellte Christoph die Musik an, die er vorbereitet hatte, teils orientalisch, teils südamerikanisch, Rhythmus pur, und auf einmal waren fast alle auf der Tanzfläche. Das kommt bei Intellektuellen, die ihre Abende eher mit Diskutieren verbringen, nicht so oft vor.

Das Fest hatte an einem warmen, wunderbaren Sommertag stattgefunden, auch wenn es schon spät im September war. Am Abend, nachdem die Gäste gegangen waren, spazierten Christoph und ich Hand in Hand an den Feldern entlang, die Nacht war milde, der Vollmond tauchte die Landschaft in ein bezauberndes Licht. Wir waren ganz ruhig und angeturnt.

Der Tanz geht weiter

Nicht weniger als zehn Jahre sind zwischen unserer ersten Begegnung in Lund und der Hochzeit vergangen. Wir sind nun seit vielen Jahren verheiratet.

Wir stellen immer wieder fest, welches Glück wir miteinander haben, welches Glück, dass wir uns überhaupt getroffen haben und dass wir es geschafft haben, aneinander festzuhalten.

Ich selbst hätte ohne die Unterstützung meiner spirituellen Übungen in all den Jahren überhaupt nicht in Deutschland überleben können. Bisweilen stellt Christoph erstaunt fest, was ich alles an Verzicht geleistet habe, wieviel Anpassung im Alltag nötig war und wie sehr alles hätte schief gehen können.

Es vergeht kaum ein Tag, ohne dass Christoph mir eine Liebeserklärung macht. Wir sind es niemals leid geworden, uns zu berühren, uns intensiv zuzuhören, unsere Küsse sind immer noch sinnlich und tief.

Wir wohnen inzwischen im Haus seiner Geburt, das wir renoviert und vergrößert haben. Dieses bescheidene Haus hat jetzt viel Licht, mit Fenstertüren, die sich zu einem großen Garten hin öffnen. Die Straße ist ruhig, die Nachbarn sehr nett und zugänglich, die Kinder auf dem Spielplatz vor der Haustür halten uns jung und bei Laune. Und auch der Fluglärm hält sich in Grenzen: dies ist unser kleines Paradies.

Wir streiten uns zwar von Zeit zu Zeit noch, aber weniger, wir überwinden diese Streitereien auch schneller. Wir lernen immer wieder, mit unseren Unterschieden umzugehen Dennoch sehe ich heute mehr als damals die Schwierigkeiten in unserer Beziehung, die vielen Unterschiede zwischen uns. Ich denke nicht mehr, dass er alles verstehen kann, ich schmelze nicht mehr nur dahin. Trotzdem glaube ich immer noch, dass er mich besser versteht als irgendwer anders. Unsere Liebe hat sich gewandelt. Wir kennen besser unsere jeweiligen Schwächen, wir versuchen, sie zu umschiffen oder machen das Beste daraus und betonen, was wir gemeinsam haben. Unsere Liebe hat die Farben einer tiefen, aufregenden Freundschaft, eines heiteren, humorvolleren Umgangs miteinander und einer großen Zärtlichkeit angenommen.

Ich habe mir meinen Jugendtraum verwirklicht und schreibe, schreibe immer noch. Schreiben macht mich glücklich, es beflügelt mich. Wenn ich in meinem Zimmer sitze und arbeite und er in seinem auf der anderen Seite des Flures, bin ich wunschlos glücklich. Ich habe vor, die so entstehenden Texte in einem weiteren Buch zu veröffentlichen.

Auch auf meinem spirituellen Weg habe ich weitere Erfahrungen gesammelt, von denen ich demnächst ebenfalls mehr erzählen werde.